Jutta Wilke

Bitte zweimal Wolke 7

COPPENRATH bei cbj

© Coppenrath Verlag

DIE AUTORIN

Jutta Wilke wurde 1963 in Hanau/Main geboren und wuchs in Ronneburg im Main-Kinzig-Kreis auf. Bevor sie sich ganz der Schriftstellerei widmete, studierte sie Jura und arbeitete 12 Jahre lang als selbstständige Rechtsanwältin. Seit 2010 leitet sie das Forum für Kinder- und Jugendbuchautoren »Schreibwelt« und ist Mitglied bei den Mörderischen Schwestern und der Vereinigung deutscher Krimiautoren »Das Syndikat«. Die Autorin lebt mit ihrer Familie in Hanau.

Jutta Wilke

Bitte zweimal Wolke 7

COPPENRATH bei cbj

cbj
ist der Kinder- und Jugendbuchverlag
in der Verlagsgruppe Random House

Für Meike,
die »Rebella« in meinem Leben

MIX
Papier aus verantwortungsvollen Quellen
FSC® C014496

Verlagsgruppe Random House FSC® N001967
Das für dieses Buch verwendete FSC®-zertifizierte Papier *Holmen Book Cream* für dieses Buch liefert Holmen Paper, Hallstavik, Schweden.

1. Auflage
Erstmals als Coppenrath Taschenbuch bei cbj Januar 2014
Gesetzt nach den Regeln der Rechtschreibreform

Text: Jutta Wilke,
vertreten durch: Literatur Agentur Hanauer, München
Umschlaggestaltung: © init GmbH, Bielefeld unter Verwendung des Originalumschlags von Anna Schwarz
Coverillustration: Marion Rekersdrees
jb • Herstellung: ReD
Satz: Buch-Werkstatt, Bad Aibling
Druck: GGP Media GmbH, Pößneck
ISBN 978-3-570-40217-7
Printed in Germany

www.cbj-verlag.de

Erstes Kapitel

NOCH 5 GUMMIBÄRCHEN BIS HAMBURG

Das mit dem Gummibärchenkalender war Kims Idee. So wie fast alle guten Ideen von Kim kommen. Als feststand, dass ich auch in diesem Jahr die Sommerferien in Hamburg verbringen würde, schickte Kim mir eine Dose mit Gummibärchen. Abgezählt. Für jeden Tag eins. *Damit du sehen kannst, wie schnell die Zeit vergeht,* stand auf dem Zettel, den sie dazugelegt hatte.

Ich schiebe mir ein Gummibärchen in den Mund und frage mich, was mir dieser Tag wohl bringen mag. Die letzte Woche vor den Ferien ist ja meistens ganz erträglich. Die Klassenarbeiten sind alle geschrieben, die Notenkonferenzen sind gelaufen und selbst die Lehrer haben keine Lust mehr auf anstrengenden Unterricht. Na ja, fast alle Lehrer. Die Müller-Thurgau zieht ihr Ding wahrscheinlich wieder durch bis zur letzten Minute. Müller-Thurgau. Manche Leute denken einfach nicht nach, bevor sie heiraten.

Wir haben den Namen unserer Biolehrerin mal gegoogelt, nachdem wir erfahren haben, dass Müller-Thurgau eine Weinsorte ist. *Mild, aber fruchtig,* stand da. *Die Weine sollten jung getrunken werden. Eine lange Lagerung ist nicht empfehlenswert.* Seitdem ist uns alles klar: Die Müller-Thurgau wurde eindeutig viel zu lange gelagert, die ist nämlich das Gegenteil von mild und fruchtig. Eigentlich ist uns völlig schleierhaft, wie sie überhaupt zu ihrem Doppelnamen gekommen ist, zu dem ja, wie gesagt, auch ein Mann gehören muss.

Zum Glück steht Bio heute erst nach der großen Pause auf dem Stundenplan. Vorher ist Mathe dran. Mathe bei Herrn Kaiser ist ganz okay, oder besser gesagt, Herr Kaiser ist es. Da ist es nicht ganz so dramatisch, dass ich völlig unvorbereitet in die Schule komme.

Kim hat sich immer noch nicht gemeldet. Normalerweise schickt sie mir schon kurz nach dem Wachwerden mein Horoskop. Auch so eine Idee von Kim. Sie meint, wenn man den Tag mit einem Horoskop anfängt, dann ist man besser vorbereitet auf das, was passiert. Die Horoskope erstellt sie mit ihren Tarotkarten und ihrem Pendel selbst. Manchmal habe ich zwar den Eindruck, dass Kim ein bisschen nachhilft, aber was soll's? Solange die richtigen Sachen in meinem Horoskop stehen – ich bin übrigens Wassermann – soll es mir recht sein.

Ich blicke nach vorne, als Herr Kaiser verkündet, dass es statt Mathe einen Film gibt. *Die Welle.* Haben wir zwar schon x-mal angeschaut, weil vermutlich jeder Lehrer glaubt, dass man *Die Welle* in seinem Schülerleben einmal gesehen haben sollte, aber besser als Matheunterricht ist es auf jeden Fall. Und Süßigkeiten gibt's auch.

Glücklicherweise ist der Platz neben mir frei. Sonst sitzt da Frederic, ein guter Kumpel von mir. Aber Freddy liegt mit Windpocken im Bett und darf die letzte Schulwoche vor den Ferien zu Hause bleiben. Ist mir heute auch ganz recht so. Sonst müsste ich den Süßkram mit ihm teilen, und es reicht mir, dass ich meinen allerersten Zungenkuss mit ihm teilen musste. Oder besser gesagt, eins von seinen Mentholbonbons. Das ist zwar schon eine Ewigkeit her – wir waren damals in der Siebten – aber seitdem ist mir der Appetit auf Bonbons gründlich vergangen. Eigentlich weiß ich auch gar nicht, wie das passieren konnte, denn Freddy und ich waren bis zu jenem Tag wirklich prima Freunde, nicht mehr und nicht weniger. Es war auf einer dieser Partys, auf der die Mädchen unbedingt tanzen wollten und die Jungs sich unter die Tische verkrochen. Alle Jungs. Bis auf Freddy. Der zerrte mich auf die Tanzfläche, und ich weiß noch, dass ich unglaublich stolz war. Schließlich war ich das einzige Mädchen, das mit einem Jungen tanzte. Als die Musik langsamer wurde, rückte mir Freddy immer dichter auf die Pelle, und plötzlich spürte ich seinen Atem in meinem Gesicht. Gleichzeitig strich er mir mit seinen Händen über den Rücken. Weil ich das Gefühl hatte, dass er irgendetwas suchte, öffnete ich den Mund, um ihn zu fragen, ob ich ihm helfen könne. In dem Moment steckte er mir blitzschnell erst sein Mentholbonbon und dann seine Zunge zwischen die Lippen. Ich wusste nicht so recht, was ich daraufhin machen sollte, also lutschte ich ein bisschen auf dem Bonbon herum und schob es dann zurück. Das ging so eine Weile hin und her, und ich bemühte mich wirklich sehr darum, Freddys Zunge *nicht* zu berühren, aber das ließ sich bei unserer Bonbonaustauscherei leider kaum vermeiden. Dabei stampften wir die ganze Zeit von einem Fuß auf den anderen. Irgendwann war das Lied zum Glück zu Ende, und ich nutzte die Chance, mich mit einem schnellen »Du, ich muss mal aufs Klo« zu verdünnisieren.

Freddy und ich haben über diesen Zwischenfall nie gesprochen. Ich war nur heilfroh, als er auf Kaugummi mit Colageschmack umstieg und ich nicht mehr den Geruch seiner Mentholbonbons ertragen musste.

Heute ist Freddy jedenfalls nicht da und ich kann völlig ungestört Herrn Kaiser betrachten. Für mich ist er natürlich viel zu alt. Bestimmt ist er schon dreißig. Aber er kann sich wirklich sehen lassen. Jeans, lockeres T-Shirt, dunkle Haare, kurzer Haarschnitt, immer so ein Dreitagebart. Ich schließe die Augen und stelle mir vor, wie er sich über mich beugt, um mir die letzte Matheaufgabe zu erklären. Sein Arm berührt meine Schulter. Ich setze mich aufrecht hin und fühle, wie er sich ein bisschen tiefer beugt, sich ein bisschen enger an mich drückt. Sein Atem streift meinen Nacken und ich fühle seinen Mund direkt neben meinem Ohr. Ein Schauer läuft mir über den Rücken und breitet sich in meinem ganzen Körper aus.

»Karolin! Karolin Schreiber!« Irritiert öffne ich die Augen und werde sofort knallrot. »Könntest du bitte dieses Gepiepse abstellen, damit wir endlich mit dem Film anfangen können?«, sagt Herr Kaiser.

Gepiepse? Erschrocken taste ich nach meinem Handy. Verdammt. Ich hatte mal wieder vergessen, es auszustellen. Und Handys sind während der Unterrichtszeit natürlich streng verboten. Jetzt piepst und vibriert es und kündigt den Eingang einer SMS an. Na endlich. Wurde aber auch Zeit. Das wird das Horoskop von Kim sein. Ich fummele das Handy aus meiner Hosentasche und schalte es auf lautlos.

»Ja klar, kein Problem, sorry.«

Zum Glück ist mein Mathelehrer schon wieder mit dem DVD-Player beschäftigt und beachtet mich nicht mehr. Unter dem Tisch öffne ich den Mitteilungsorder. Treffer. Zwei neue SMS von Kim. Ich lese die erste. *Dein Horoskop: In Liebesdingen solltest du dich ranhalten. Pass auf, dass du nicht den Anschluss verlierst. Finanziell ist alles im grünen Bereich. Nur noch 5 Gummibärchen bis Hamburg.*

Vier, denke ich und schließe die Kurznachricht. Schließlich habe ich eins eben gegessen. Und am Samstag steige ich schon in den ICE. Ich freue mich wahnsinnig auf die Ferien.

Ich freue mich darauf, Papa endlich wiederzusehen, und fast noch mehr freue ich mich auf Kim. Manchmal, wirklich nur manchmal, denke ich, dass es doch etwas Gutes hatte, dass meine Eltern sich getrennt haben und Papa nach Hamburg gezogen ist. Sonst hätte ich meine allerbeste Freundin Kim nie kennengelernt. Klar habe ich auch hier Freundinnen. Sophia zum Beispiel. Oder Hannah. Die beiden sind echt ganz in Ordnung. Aber seit Sophia mit Tim aus der 10a zusammen ist, bekomme ich sie kaum noch zu sehen, und Hannah hat sowieso einen volleren Terminkalender als meine Mutter. Und das will was heißen, denn meine Mutter ist Rechtsanwältin und hat eigentlich nie Zeit. Manchmal, wenn ich sie ärgern will, rufe ich in ihrer Kanzlei an, verstelle meine Stimme und lasse mir einen Termin bei ihr geben.

Kim ist anders als Hannah und Sophia. Nicht so oberflächlich. Kim sieht irre toll aus mit ihren glatten schwarzen Haaren und den leicht schrägen Augen. Sie kommt aus Vietnam und hat eine Figur wie ein Topmodell. Aber sie macht sich nichts daraus, genauso wenig wie aus Klamotten, ganz im Gegensatz zu den Mädchen in meiner Klasse. Mit Kim kann ich über die wirklich wichtigen Dinge reden. Wie zum Beispiel über Umweltschutz. Und über Männer.

Pass auf, dass du nicht den Anschluss verlierst. Was meint sie damit? Den Anschluss woran? Ich öffne die zweite SMS und starre auf den Text. *Bingo!*

Sonst nichts. Einfach nur *Bingo!* Mir wird schwindelig. Vorsichtshalber gucke ich noch mal nach, ob die SMS tatsächlich von Kim ist oder ob sich da jemand einen blöden Scherz erlaubt hat. Nein. Kein Zweifel. Die SMS kommt von Kim. Und Kim schreibt: *Bingo!*

Ich muss hier raus. Sofort. Ich muss mit Kim sprechen, muss herausfinden, ob das wirklich wahr ist. Es gibt nur eine einzige Situation, in der die SMS *Bingo!* erlaubt ist. Nämlich dann, wenn eine von uns *es* getan hat. So hatten wir es vor ein paar Wochen am Telefon vereinbart. Wer zuerst keine Jungfrau mehr ist, darf *Bingo!* schreiben. Volltreffer sozusagen. Ich weiß nicht mehr, wie wir darauf kamen, aber fest stand für uns beide, dass es passieren sollte, bevor wir 16 sind. Und bis dahin sind es nur noch ein paar Monate. Ich habe im Februar Geburtstag und Kim im Mai. Ich starre wieder auf das Handy und kann es nicht glauben. Kim hat es getan? Mit wem? Wann? Und überhaupt. Kim ist drei Monate jünger als ich. Wie kann sie da vor mir mit einem Jungen … Meine Gedanken überschlagen sich und ich brauche frische Luft. Ich stopfe das Handy zurück in die Hosentasche und steige über Rucksäcke und ausgestreckte Beine nach vorne. Herr Kaiser blickt fragend auf.

»Ich muss mal kurz raus«, murmele ich, und er nickt nur abwesend, um dann wieder wie gebannt auf den Film zu starren. Schnell schiebe ich mich aus der Klasse und renne zum Mädchenklo.

Endlich. Ich schließe ab, lasse mich auf den Klodeckel sinken und hole das Handy wieder raus. Ich öffne die SMS von Kim und schreibe zurück: *Ich will alles wissen!* Hoffentlich hat Kim ihr Handy jetzt nicht ausgeschaltet. Ich werde es nicht überleben, wenn ich bis zum Nachmittag warten muss. Aber da summt es schon. Kim hat geantwortet: *Ruf an, wenn du kannst.*

Anrufen? Hat sie keinen Unterricht? Offensichtlich nicht. Ich gebe Kims Nummer ein und sie ist sofort dran.

»Was soll das heißen, *Bingo?*«, frage ich statt einer Begrüßung.

»*Bingo* heißt *Bingo!*«, kichert Kim.

»Du hast es getan?« Ich traue mich kaum zu fragen.

»*Bingo!*«

Einen Moment lang fällt mir nichts ein. Ich weiß nicht, ob ich traurig, wütend oder neidisch sein oder ob ich mich mit meiner besten Freundin freuen soll. Irgendwie fühle ich gerade alles auf einmal. »Aber wann … äh … wo, ich meine, mit wem … ich meine …«, fange ich an zu stottern, dann fällt mir nichts mehr ein.

Keine Antwort.

»Kim? Hallo?«

»Ja, schrei doch nicht so!«

»Wann habt ihr … ich meine, wann hast du …?«

»Letzte Nacht.«

»Letzte Nacht?!«, schreie ich und füge dann etwas leiser hinzu: »Letzte Nacht? Aber wo?«

»Letzte Nacht bei mir zu Hause!«

»Bei dir zu Hause? Und deine Eltern?«

»Die haben geschlafen«, erklärt mir Kim und ich bewundere sofort ihren Mut. Ich könnte nicht einmal mit einem Jungen knutschen, während meine Mutter nebenan schläft. Mal abgesehen davon, dass meine Mutter kein Auge zumachen würde, wenn sie wüsste, dass sich in meinem Zimmer ein männliches Wesen aufhält.

»Du willst mir erzählen, du hattest Sex mit einem Jungen in deinem Zimmer, während deine Eltern nebenan geschlafen haben?«, kreische ich in mein Handy. Jetzt ist es raus. Das Wort. Sex. Kim hatte richtigen echten Sex. Nicht einfach nur Händchenhalten und Knutschen und Fummeln. Es ist ja nicht so, dass die Mentholbonbonhinundherschieberei mit Freddy die bisher einzige Erfahrung meines Lebens war. Da waren noch ein paar andere. Zum Beispiel Marc aus der SV. Marc ist zwei Jahre älter als ich und ich war schrecklich verknallt in ihn. Ich ließ mich in der Achten zur Klassensprecherin wählen und tat alles, um möglichst oft ins SV-Büro gehen zu müssen. Marc war Mittelstufensprecher und fast immer dort. Einmal, als wir gerade allein im Raum waren und ich ihm half, Flugblätter für die 200-Jahr-Feier unserer Schule zu stapeln, beugte er sich plötzlich vor, drückte mich an sich und schob seine Zunge in meinen Mund. Ich war völlig perplex und ließ ihn machen. Genauso schnell, wie er mich an sich gezogen hatte, schob er mich auch wieder von sich und sagte: »Das war es doch, was du wolltest, oder? Du solltest allerdings erst mal ein bisschen üben. Deine Zunge fühlt sich an wie ein Waschlappen.«

Ich legte noch am gleichen Tag mein Amt als Klassensprecherin nieder und mache seitdem einen großen Bogen um das SV-Büro. Aber dann war da noch Paul. Mit Paul habe ich zum ersten Mal kapiert, was Freddy und Marc mit ihrer Zunge in meinem Mund eigentlich wollten. Und ja, mit ihm fühlte sich das auch richtig gut an. Paul saß neben mir im Kino, und während er mit seiner Zunge in meinem Mund herumspielte, versuchte er, mit seiner Hand in meine Jeans zu kommen. Das war mir schrecklich peinlich, weil mir die Hose eigentlich viel zu eng war. Ich musste die ganze Zeit wie wild den Bauch einziehen und konnte kaum noch atmen. Irgendwann gab Paul auf, und ich dachte schon, jetzt hat er gemerkt, wie dick mein Bauch ist, das war's dann wohl. Aber er nahm meine Hand und legte sie auf seine Jeans. Und da war eine dicke Beule. Das war das erste Mal, dass ich einen Jungen unterhalb der Gürtellinie angefasst habe, und ich war heilfroh, dass wir im Kino waren und Paul eine Jeans anhatte und nicht etwa eine Badehose. Irgendwie erschien mir das sicherer. Ich versuchte, mich wieder auf den Film zu konzentrieren, aber Paul nahm meine Hand und drückte sie fester auf die Beule. Gleichzeitig schob er wieder seine Zunge in meinen Mund und seine Hand zwischen meine Beine. Der Film interessierte mich plötzlich überhaupt nicht mehr. Ich räkelte mich ein wenig, da stieß ich mit dem Fuß gegen die Colaflasche auf dem Fußboden. Sie fiel um und die Cola kippte komplett in Pauls Turnschuh. Er sprang auf und fluchte und ich war wieder auf dem Boden der Tatsachen gelandet. Über all das konnte ich natürlich mit niemandem sprechen – bis ich Kim kennenlernte. Und jetzt hat meine Freundin es tatsächlich vor mir gemacht? Ich kann es immer noch nicht fassen.

»Na ja …« Kim druckst ein wenig herum.

»Was, na ja? Hast du nun oder hast du nicht?«

»Ja schon, aber …«

»Was aber? Was ist daran so kompliziert?« Endlich habe ich meine Fassung wiedergefunden und bin ganz die Alte. Die praktische Karo, die nie um eine Antwort verlegen ist.

»Hast du nun mit jemandem geschlafen oder nicht? Und mit wem überhaupt?«, will ich wissen.

»Also ja, ich meine, nein, doch, haben wir …«

»Schätzchen«, sage ich und setze mich ein bisschen bequemer hin, »nun mal Butter bei die Fische. Mit wem hattest du letzte Nacht Sex?« Ich versuche, ganz lässig zu klingen, dabei klopft mein Herz bis zum Hals.

In Gedanken gehe ich die Liste der infrage kommenden Jungen durch. Die meisten kenne ich ja nur vom Hörensagen, schließlich trennen Kim und mich schlappe 500 Kilometer. Ob es Felix war, von dem Kim nach der letzten Klassenfahrt so geschwärmt hat? Oder Kalle, der Hockeyspieler? Irgendwie fällt mir gerade nicht ein, wer zuletzt auf Kims Hitliste ganz oben stand. David vielleicht, der süße Schlagzeuger aus der Schulband? Aber wie hat Kim das in der kurzen Zeit hinbekommen, dass er …

»Hallo, Erde an Karo – bist du noch da?«

»Ja, ja, natürlich. Wer war es denn nun?«

»Das habe ich dir doch eben gesagt. Er heißt Dragonheart und er ist einfach toll!«

»Dragonheart? Du willst mir erzählen, dass du mit einem Jungen geschlafen hast, der Dragonheart heißt?« Ich fasse es nicht. Jetzt ist meine Freundin Kim völlig durchgeknallt.

»Nicht wirklich geschlafen, wir …«

Ich unterbreche Kim. »Wie jetzt? Nicht wirklich geschlafen? Kann man auch unwirklich Sex haben? Und wer ist dieser Dragonheart überhaupt?«

Kim seufzt. »Doch«, sagt sie, »wir haben es getan. Aber nicht real.«

»Nicht real?« Ich verstehe nur Bahnhof.

»Wir haben gechattet.« Kim klingt ein bisschen kleinlaut.

»Gechattet? Ha! Du hast es mit einem Chatter getan? Virtuell? Du hattest Cybersex?« Irgendwo fällt eine Tür zu. Erschrocken beiße ich mir auf die Zunge. Hoffentlich hat mich niemand gehört. »Du willst mir sagen, du hattest nur virtuellen Sex?«, wiederhole ich deutlich leiser. Die Last, die gerade von mir abfällt, wiegt mehrere Tonnen. Virtuell. Ich hatte noch nie virtuellen Sex und habe zugegebenermaßen auch absolut keine Ahnung, wie das gehen soll. Aber eins steht für mich fest: Cybersex gilt nicht. Kim ist also noch Jungfrau. Genau wie ich.

»Na ja …«

»Warum schreibst du dann *Bingo?*«, frage ich. »Virtueller Sex gilt nicht. Wir hatten ausgemacht, dass wir wetten, wer zuerst Sex hat. Richtigen Sex natürlich. Von Cybersex war nie die Rede!« Irgendwie bin ich so erleichtert, dass ich beschließe, ein wenig gönnerhaft zu sein. »Na gut«, sage ich. »Ich lasse es gelten. Aber nur virtuell. Du hattest von uns beiden den ersten Cybersex. Und wie war es?«, will ich dann doch wissen.

»Oberoberobergeil!«

»Ja und?«

»Nix und. Einfach abgefahren. Das kann man nicht beschreiben, das muss man erlebt haben.«

»Kim!« Ich stehe auf, weil ich nicht mehr still sitzen kann. Rumlaufen kann ich in der engen Kabine zwar auch nicht, aber wenigstens ein bisschen auf der Stelle treten. »Du wirst mir jetzt sofort haarklein erzählen, was du und dieser Dragondingsbums da im Chat gemacht habt, jede klitzekleine Kleinigkeit.«

»Okay, zuerst haben wir ein bisschen geknutscht und dann hat er angefangen, mich auszuziehen, und ich habe angefangen, ihn ...«

»Stopp!«

»Was denn?«

»Ihr habt euch beim Chatten ausgezogen?« Ich stelle mir gerade vor, wie ich nackt am Computer sitze, und meine Mutter platzt ins Zimmer.

»Nein, doch nicht real, nur virtuell.« Kim stöhnt über so viel Begriffsstutzigkeit.

Ich kann mir das alles trotzdem nicht so recht vorstellen. Aber ich habe eine Idee. »Trefft ihr euch wieder? Im Chat, meine ich?«

»Ja klar, warum fragst du?«

»Weil du beim nächsten Cybersex einen Screenshot machen wirst, deshalb!«

»Aber sonst geht's dir noch ganz gut?« Kim ist nicht wirklich begeistert von meinem Vorschlag. »Selbst ist die Frau! Die Chatadresse hast du ja.«

»Ja klar. Und wie läuft das bitte ab? Erzähle ich einfach, dass ich ganz langsam meine Bluse aufknöpfe – virtuell natürlich – und von meinen Schultern streife? Dass meine langen roten Locken dabei auf meine nackten Brüste fallen, denn einen BH habe ich nicht an …«

»Exakt so!«

»Und dabei habe ich die ganze Zeit keine Ahnung, wer am anderen Ende der Leitung sitzt.« Mir gefällt diese ganze Chat-Idee überhaupt nicht.

Kim kichert. »Rein theoretisch könnte sogar dieser … Mathelehrer von dir, der so gut aussieht, im Chat sein.«

»Herr Kaiser im Chat? Der sieht zwar toll aus, aber dafür ist der viel zu spießig.«

Mein Lachen wird von einer Stimme unterbrochen, die eindeutig nicht aus dem Handy kommt. »Ich denke, Herr Kaiser hätte größeres Interesse daran, dich in seinem Unterricht zu sehen!«

Mir bleibt das Herz stehen und panisch drücke ich das Gespräch mit Kim weg. Scheiße, Scheiße, Scheiße. Die Müller-Thurgau. Was macht die denn hier auf dem Mädchenklo? Dürfen Lehrer überhaupt aufs Klo gehen? Mir ist ganz schlecht vor Schreck.

Am liebsten würde ich mein Handy in die Toilette schmeißen und selbst gleich hinterherspringen. Ich spüre, dass mein Gesicht die Farbe meiner Haare annimmt, und überlege verzweifelt, wie ich mich ungesehen an der Müller-Thurgau vorbeischleichen kann. Ob sie meine Stimme erkannt hat? Vielleicht habe ich Glück, und sie weiß gar nicht, wen sie da eben belauscht hat. Ich erwäge gerade, mich über die Trennwände von Kabine zu Kabine zu hangeln, als es an die Tür klopft.

»Karolin Schreiber! Würdest du jetzt bitte da rauskommen und zurück in den Unterricht gehen!«

Ich fluche innerlich und öffne die Tür. Die Müller-Thurgau steht mit verkniffenem Gesicht davor und hält fordernd die Hand auf. Ich lege mein Handy hinein und schiebe mich an ihr vorbei Richtung Ausgang.

»Deine Mutter kann dein Telefon nach Schulschluss im Sekretariat abholen!«, ruft sie mir hinterher.

Mist. Ärger mit meiner Mutter ist so ziemlich das Letzte, was ich jetzt brauche. Ich beiße die Zähne zusammen und schmeiße die Tür hinter mir zu.

Zweites Kapitel
KÄSEBROTE UND LASAGNE

Natürlich. Meine Mutter ist mal wieder nicht zu Hause. Warum klingele ich überhaupt? Ich krame meinen Schlüssel aus dem Rucksack und schließe auf. Früher habe ich sie tagsüber nicht vermisst, denn als ich klein war, war Papa zu Hause. Er hat noch studiert, als meine Mutter schon als Anwältin gearbeitet hat. Später hat er dann sein Ingenieursstudium abgeschlossen und halbtags in einem kleinen Büro angefangen, bis das Angebot aus Hamburg kam. Papas Firma wollte ihn dorthin versetzen, weil dringend jemand mit seinen Fähigkeiten gebraucht wurde. Ich war gerade elf Jahre alt.

An dem Tag, als Papa den Job annahm, wurde bei uns alles anders. Meine Eltern stritten sich von da an nur noch und beschlossen ein Jahr später, sich zu trennen. Papa ging nach Hamburg, meine Mutter blieb mit mir hier in diesem Kaff und fuhr weiter in ihre Kanzlei nach Frankfurt.

Ich schließe kurz die Augen und versuche, mich an den Geruch von früher zu erinnern. Pfannkuchen. Wenn Papa Pfannkuchen machte, dann konnte man schon im Treppenhaus anfangen, sich darauf zu freuen.

Jetzt duftet es aus unserer Wohnung schon lange nicht mehr nach selbst gemachten Pfannkuchen.

Ich gehe in die Küche und hoffe, wenigstens irgendetwas zum Essen zu finden. Auf dem Küchentisch liegt ein Zettel:

FamG.
Lasagne im Kühlschrank.
Kuss, Mama.

Aha. FamG heißt Familiengericht, und wenn meine Mutter dort heute Verhandlungen hat, dann kann das dauern.

Lasagne! Meine Mutter wird es nie begreifen, dass Lasagne nichts für Vegetarier ist. Auch Hackfleisch war mal ein Tier und wollte leben. Also wieder ein Käsebrot.

Mein Handy kann ich mir für heute auch abschminken. Bis meine Mutter aus dem Gericht kommt, ist das Schulsekretariat längst geschlossen.

Ich schneide mir zwei Scheiben Brot ab und belege sie mit den Käseresten, die ich noch im Kühlschrank finde. Dazu mache ich mir eine Riesenschüssel Cornflakes mit viel Zucker – ich brauche jetzt definitiv was Süßes. Zusammen mit einem großen Glas Apfelschorle packe ich alles auf ein Tablett und balanciere das Mittagessen in Richtung meines Zimmers.

Zum Glück ist die Tür nur angelehnt, also stoße ich sie mit dem Ellenbogen auf und stelle das Tablett auf den Schreibtisch. Meinen Rucksack kicke ich in die Ecke, schnappe mir meinen iPod und verziehe mich mit meinen Käsebroten ins Zelt.

Das Zelt war ein Geburtstagsgeschenk von Papa zu meinem 15. Geburtstag und ist mit Abstand das beste Möbelstück in der ganzen Wohnung. Es ist ein richtiges Kuppelzelt für zwei Personen, rot und orange, und wenn man der Bedienungsanleitung glauben darf, ist es absolut arktistauglich. Ich habe es allerdings noch nie draußen ausprobiert. Stattdessen habe ich mein Bett rausgeschmissen und das Zelt mitten im Zimmer aufgebaut. Eine Matratze und ein paar Kuschelkissen machen eine richtig gemütliche Höhle daraus. Innen hängt eine kleine Lichterkette, die ich meiner Mutter aus ihrer Weihnachtsdekokiste geklaut habe, und alle meine Lieblings-CDs, Bücher und meine Gummibärchen bewahre ich auch dort auf. Besonders stolz bin ich auf das Schild, das ich am Zelteingang aufgehängt habe: *Naturschutzgebiet. Betreten verboten!*

Jetzt nur noch den Reißverschluss hochziehen und dann ade, du blöde Welt.

Was für ein Tag. Ich hole mein Notebook unter dem Kopfkissen hervor, klappe es auf und starte mein Mailprogramm. Montags kommt immer der Newsletter von den *Green Fighters.* Ich muss unbedingt wissen, wie die Aktion »Rettet die Wale« weitergehen wird. Die *Green Fighters* habe ich in den letzten Sommerferien in Hamburg kennengelernt. Das heißt, eigentlich bin ich über sie gestolpert beziehungsweise über Kim. Papa hatte sich mit mir zum Essen im Schanzenviertel verabredet und ich war mal wieder viel zu spät dran. Als ich völlig hektisch aus der S-Bahn sprang, habe ich blöderweise das Mädchen übersehen, das gerade einsteigen wollte. Sie hatte einen Stapel Papier im Arm, der nach unserem Zusammenstoß im hohen Bogen durch die Luft segelte. Mist. Das war mal wieder typisch für mich. Das Mädchen schimpfte in einer Sprache, die ich nicht kannte, und fing an, die Blätter wieder einzusammeln. Ich half ihr dabei, aber einige der Zettel wehten bereits über die Schienen und wurden von der anfahrenden S-Bahn überrollt.

»Verdammter Mist!« Diesmal fluchte das Mädchen mit den schwarzen Haaren auf Deutsch. »Und dafür habe ich jetzt den ganzen Tag rumgestanden!«

»Es tut mir leid!« Ich war ziemlich zerknirscht. »War das was Wichtiges?«

Das Mädchen hockte auf dem Bahnsteig und schob die verbliebenen Zettel wieder zusammen.

»Unterschriftenlisten. Mindestens 300 Unterschriften sind jetzt futsch.«

Unterschriftenlisten? Und deswegen regte die sich so auf?

»Und was machen wir jetzt?«, fragte ich, nur um irgendetwas zu sagen.

Das Mädchen zuckte mit den Schultern. »Neue sammeln, bis zum Stichtag sind es noch zehn Tage. Hier.« Sie drückte mir einen Packen Zettel in die Hand und kritzelte auf den obersten schnell etwas drauf, bevor sie in die S-Bahn stieg, die gerade eingefahren war. Völlig verdattert schaute ich ihr hinterher. Wie dreist war die denn? Am liebsten hätte ich die Blätter im nächsten Abfalleimer versenkt, aber mein schlechtes Gewissen war stärker und so stopfte ich sie mir in den Rucksack. Erst abends im Bett fielen sie mir wieder ein, und ich wurde neugierig, um was es bei der Unterschriftensammlung überhaupt ging. Mithilfe der auf den Zettel gekritzelten Website fand ich heraus, dass die Unterschriftenaktion gegen den Walfang gestartet worden war und dass eine Umweltschutzgruppe mit dem Namen *Green Fighters* hinter der Kampagne stand. Ich fand ein Foto von dem Mädchen, das ich umgerannt hatte. Sie war zusammen mit dem süßesten blonden Jungen, den ich je gesehen hatte, verantwortlich für die Unterschriftensammlung. Kim zieht mich heute noch damit auf, dass ich mich der Gruppe nur wegen Stefan angeschlossen hätte. Aber das stimmt nicht. Die Aktion gefiel mir und ich wollte unbedingt dazugehören. Ich versuche seither, die *Green Fighters* auch von zu Hause aus zu unterstützen, aber ich beneide Kim um ihre wöchentlichen Gruppentreffen und um die Strandpartys, die sie in Hamburg regelmäßig veranstalten.

Fünf neue Mails, verkündet mein Programm. Der Newsletter ist noch nicht dabei. Dafür finde ich zwischen der Mitteilung, dass ich die glückliche Gewinnerin einer Bierzapfanlage bin, und dem Angebot einer kostengünstigen Penisvergrößerung eine Mail von Kim. Ich beiße in mein Käsebrot und öffne sie.

Hallo, Süße,
gab's Ärger? Ich habe noch mal versucht, dich zu erreichen, aber dein Handy war tot. Deshalb schnell diese Mail. Ich wollte dir noch sagen, dass die *Green Fighters* in den Sommerferien einen Tauchkurs anbieten. Hast du Lust? Stefan macht gerade einen Tauchlehrerschein und wird den Kurs mit Markus leiten, seinem Ausbilder. Es geht gleich in der ersten Ferienwoche los und ich hab meine Eltern schon überredet. Ich darf! Ich hänge dir mal das Anmeldeformular als Datei an. Sieh zu, dass deine Mutter unterschreibt.
Ich freu mich auf die Ferien und auf dich.
Bussi
Kim

PS: Du kennst doch Stefan noch? ☺

Und ob ich Stefan noch kenne! Wie könnte ich den vergessen? Stefan, der Typ von der Homepage, war wochenlang der Mann meiner schlaflosen Nächte, nachdem er mich im letzten Sommer von einer Elbstrandparty mit seinem Roller nach Hause gefahren hat.

Stefan ist ein richtiger Hingucker, braun gebrannt und blonde Wuschellocken, so der Typ Surflehrer.

Oder Tauchlehrer. Passt ja! Ob ich Lust habe, einen Tauchkurs bei Stefan zu machen? Was für eine Frage! Schon beim Gedanken daran, mit dem Typ zusammen im Wasser zu sein, wird mir ganz anders. Stefan. Und jetzt der Tauchkurs! Ich muss einfach die Erlaubnis meiner Mutter kriegen. Oder soll ich besser gleich meinen Vater fragen?

Schließlich werde ich die Ferien ja bei ihm in Hamburg verbringen, da ist er doch zuständig für solche Entscheidungen, oder? Das Klingeln des Telefons reißt mich aus meinen Überlegungen.

»Hallo, Karo, ich bin's«, höre ich die Stimme meines Vaters. Perfektes Timing. »Ist deine Mutter da?«

Wie ich das hasse. Seit meine Eltern sich getrennt haben, spricht mein Vater nur noch von »deiner Mutter« und meine Mutter nur noch von »deinem Vater« oder, wenn sie schlecht drauf ist, von »deinem Erzeuger«. Als hätten sie gegenseitig ihre Namen vergessen.

»Nein, Mama ist nicht da. Sie hat einen Termin am Familiengericht. Das kann dauern.« Was Papa wohl von Mama will? »Kann ich ihr was ausrichten?«

»Nein, Kleines, oder – ach nein, ich melde mich dann einfach heute Abend noch mal.«

Was für ein Gestotter. Egal. Jetzt oder nie. Das ist meine Chance. »Du, hör mal«, setze ich an, aber Papa unterbricht mich.

»Ich muss jetzt Schluss machen, habe noch ein Gespräch auf der anderen Leitung. Sag deiner Mutter, dass ich angerufen habe. Ich melde mich wieder.« Dann legt er auf.

»Blödmann«, murmele ich. Wenn ich einmal was Wichtiges fragen will. Na gut, dann halt nicht. Später ist auch noch Zeit. Das mit dem Tauchkurs werde ich schon hinkriegen.

Plötzlich schießt mir ein unangenehmer Gedanke durch den Kopf. Ich besitze überhaupt keinen Bikini und noch nicht einmal einen halbwegs vernünftigen Badeanzug. Nur so ein ausgeleiertes Teil, das ich für den Schulsport gebraucht habe. Und dann fällt mir auch wieder ein, warum das so ist. Vor lauter Aufregung über den Tauchkurs habe ich es glatt verdrängt. Übergewicht. Ich schleppe mindestens zehn Kilo zu viel mit mir herum und sehe in jedem Badeanzug aus wie die Kolosse, zu deren Rettung ich Unterschriften sammele. Niemals werde ich mich in einen Bikini quetschen, auch für alle Stefans der Welt nicht. Ich krieche aus dem Zelt und durchwühle meine Kommode. Irgendwo muss mein Badeanzug doch sein. Endlich halte ich das Teil in die Höhe. Es sieht genauso aus, wie ich es in Erinnerung hatte. Blau, labberig und langweilig. Jetzt habe ich ein echtes Problem. Entweder ich schreibe den Tauchkurs ab oder ich beiße in den sauren Apfel und kaufe mir einen neuen Badeanzug. Ist die Frage, was grässlicher ist.

Vielleicht kann ich mir einen Badeanzug bei E-Bay bestellen, überlege ich. Dann entgehe ich wenigstens der neongrellen Schlachthausbeleuchtung in den Kaufhaus-Umkleidekabinen. Ich will gerade den Suchbegriff in mein Notebook eingeben, als ich Mama höre.

»Hallo, Karo, wie war's in der Schule? Ich mache mir einen Cappuccino, willst du auch einen? Du, ich muss dir was Tolles erzählen, stell dir vor, der alte Brinkmann will mir den Kurs bezahlen und ich soll schon nächste Woche anfangen.«

Ich folge ihr in die Küche, lasse mich auf einen Stuhl fallen und warte auf den Moment, in dem meine Mutter Luft holen muss. Vorher etwas zu sagen, wäre vollkommen sinnlos.

»Was ist denn? Du sagst ja gar nichts.« Sie dreht sich zu mir um und greift nach der Dose mit dem Instant-Cappuccinopulver. Ich überlege noch, ob ich von meinem Zusammenstoß mit der Müller-Thurgau oder von Kims Mail erzählen soll, da legt sie schon wieder los.

»Wir müssen unbedingt Papa anrufen. Nach Hamburg kannst du auch in den Herbstferien fahren. Hoffentlich kann man das Ticket noch umtauschen, ich weiß nicht, ob das so kurz…«

»Papa hat angerufen«, fahre ich meiner Mutter ins Wort. Hamburg in den Herbstferien? Spinnt die?

Meine Mutter lässt sich mir gegenüber auf einen Küchenstuhl sinken und rührt in ihrem Cappuccino. »Was wollte er denn?«

»Keine Ahnung.« Ich zucke mit den Schultern. »Er meldet sich noch mal. Später.«

»Na, am besten rufe ich ihn direkt zurück und kläre die Details mit ihm.« Mama macht Anstalten, nach dem Telefon zu greifen, aber ich komme ihr zuvor.

»Welche Details? Und was ist mit meinen Ferien? Und was für ein Kurs überhaupt?«

»Ach, Schätzchen, das habe ich dir doch schon erzählt. Der alte Brinkmann hat endlich grünes Licht gegeben. Ich darf die Zusatzausbildung zur Notarin machen. Der Kurs fängt nächste Woche auf Mallorca an. Er kostet die Kanzlei immerhin 5000 Euro. Und die wollen sie in mich investieren. Na, wie findest du das?« Erwartungsvoll sieht sie mich an.

»Schön, aber was hat das mit Hamburg zu tun?« So ganz verstehe ich das immer noch nicht.

»Na, du fährst natürlich mit nach Mallorca. Ist das nicht unglaublich? Sechs Wochen Mallorca. Zu deinem Vater kannst du dann in den Herbstferien.«

Mallorca? Entsetzt starre ich meine Mutter an. »Aber das geht nicht«, stammele ich. »Ich kann Hamburg nicht verschieben, es ist doch schon alles geplant. Kim wartet auf mich, die *Green Fighters* brauchen meine Unterstützung und überhaupt, ich habe doch schon das Ticket.« Und ich will den Tauchkurs bei Stefan machen, setze ich in Gedanken hinzu.

»Karo, ich möchte, dass du mich nach Mallorca begleitest. Der Kurs findet immer nur am Vormittag statt und wir können die Nachmittage dort zusammen verbringen.«

»Ich denke gar nicht daran, mit dir nach Malle zu fliegen. Ich will nach Hamburg. Zu Papa. Und zu Kim.« Ich verschränke die Arme vor der Brust.

»Ich habe uns das Doppelzimmer auf Mallorca schon gebucht, Karo. Glaub mir, es wird dir dort gefallen. Ich kläre das mit deinem Vater. Gib mir mal das Telefon.« Ziemlich sprachlos schaue ich zu, wie sie die Hamburger Nummer eintippt. »Ja, ich bin's. Maja. Hör zu, ich mach's kurz. Karo kann in den Sommerferien nicht zu dir kommen. Ich nehme sie mit nach Mallorca zu einem Notariatskurs.«

Ich will dazwischenrufen, bremse mich aber gerade noch rechtzeitig.

»Was? Nein, habe ich nicht. Nein, das hat nichts mit Anna zu tun. Überhaupt nicht. Und nein, ich erlaube nicht, dass sie sechs Wochen in Hamburg ist. Wir hatten drei Wochen vereinbart, aber das geht ja nun nicht mehr. Was? Ja, ich weiß, dass du nicht länger Urlaub nehmen kannst. Du kannst Karo in den Herbstferien sehen.«

»Ich will aber nicht mit nach Mallorca fahren!«, rufe ich.

Mama funkelt mich wütend an und hält die Hand über die Sprechmuschel. »Halt dich da raus, wenn ich mit deinem Vater rede«, zischt sie mir zu. Und dann wieder in den Hörer: »Hör zu, dieser Kurs ist die Chance meines Lebens und ich lasse mir das nicht kaputt machen! Weder von dir noch von dieser Anna! ... Es ist mir vollkommen egal, ob Anna bei dir einzieht oder nicht. Und Karo kann es auch egal sein, sie fährt nämlich mit mir!«, schreit Mama und knallt das Telefon auf den Tisch.

Sprachlos starre ich sie an. Ich spüre, wie mir Tränen in die Augen schießen. »Was kann mir egal sein?«, frage ich und versuche, den Klumpen herunterzuschlucken, der sich in meinem Hals gebildet hat. »Und was ist mit Anna?«

»Du weißt von ihr? Na super! Haben mein Fräulein Tochter und ihr Erzeuger mal wieder Geheimnisse vor mir. Anna wird am Wochenende bei deinem Vater einziehen. Die beiden wollen heiraten.« Mama starrt an mir vorbei aus dem Fenster.

Ich merke, wie der Klumpen in meinem Hals dicker wird. »Papa und Anna wollen heiraten?«, frage ich tonlos. Papa hat mir von seiner neuen Freundin erzählt, aber er hatte auch schon vor dieser Anna Freundinnen. Heiraten wollte er noch keine von ihnen.

Auch wenn meine Eltern geschieden waren, war mir bis heute nicht in den Sinn gekommen, dass einer von beiden wieder heiraten könnte. Und jetzt will diese Anna bei meinem Vater wohnen? Und ich? Was ist mit mir? Warum hat Papa angerufen? Wollte er mich wieder ausladen, weil Anna jetzt zu ihm zieht? Will Mama deshalb unbedingt, dass ich mit nach Mallorca komme, weil Papa mich nicht mehr bei sich haben will? Ich beiße mir auf die Unterlippe, um nicht loszuheulen.

»Ach, meine Große!« Mama breitet die Arme aus und will mich an sich drücken. »Lass doch deinen Vater und seine Anna. Wir zwei machen uns schöne Ferien. Du wirst sehen, dass es dir auf Mallorca gefällt. Und dein Vater wird schon merken, was er davon hat, dass er mit dieser Tussi zusammenzieht.«

Fast wäre ich darauf hereingefallen. Aber als Mama *Tussi* sagt, fällt es mir wie Schuppen von den Augen. »Papa hat gar nicht angerufen, um mich auszuladen, oder?«, frage ich und ziehe die Nase hoch.

Mama rührt intensiv in ihrer Tasse. Keine Antwort ist auch eine, denke ich und dann kann ich mich nicht mehr beherrschen.

»Ich fahre nach Hamburg in den Sommerferien, ob dir das passt oder nicht!«, brülle ich. »Und mir ist es ganz egal, ob diese Anna bei Papa einzieht oder nicht. Du willst nämlich nur nicht, dass ich zu Papa fahre, weil du eifersüchtig bist. Weil du Angst hast, ich könnte Papas neue Freundin besser finden als dich! Und wer weiß, vielleicht tu ich das sogar!« Jetzt kann ich meine Tränen nicht länger zurückhalten. »Vielleicht hat sie nämlich mehr Zeit als du. Oder kann wenigstens kochen!«

»Es reicht!« Meine Mutter knallt ihre Tasse auf den Tisch.

»Mir reicht es schon lange!«, fauche ich zurück. »Ihr denkt immer nur an euch, nie fragt mal einer danach, wie es mir geht. Meine Ferien, meine Pläne, meine Freunde, das ist euch doch alles vollkommen egal! Ich habe keinen Bock auf dein beschissenes Malle mit Ballermann und Rentnerklub. Ich fahre am Samstag nach Hamburg zu Papa. Und wenn er mich nicht haben will, dann fahre ich eben zu Kim!« Wütend renne ich aus der Küche und knalle die Tür hinter mir zu. Ich schließe mich in meinem Zimmer ein und krieche ins Zelt. Am liebsten würde ich jetzt Kim anrufen, aber dann fällt mir ein, dass mein Handy noch in der Schule liegt. Ich presse mir mein Kopfkissen an den Bauch und schlucke meine Tränen herunter.

Drittes Kapitel

AUS WAS IST EIGENTLICH LEBERWURST?

»Vergiss nicht, mir eine SMS zu schicken, wenn du in Hamburg angekommen bist. Dein Vater will am Bahnsteig warten. Lauf bitte nicht weg, falls er nicht pünktlich sein sollte. Grüß deine Freundin Kim von mir. Und denk dran: Kein Alkohol, keine Drogen, kein …«

Die letzten Worte meiner Mutter gehen im Zischen der sich schließenden Türen unter. Endlich setzt sich der Zug in Bewegung. Hamburg, ich komme! Ich schnappe meinen Rucksack, klemme mir die Zeltwurst unter den Arm und versuche, meinen Rollkoffer durch die Schiebetür in den Großraumwagen zu zerren. Wer diese Dinger konstruiert hat, ist vermutlich noch nie mit Gepäck verreist. Leise fluchend quetsche ich mich und meine Taschen durch den schmalen Gang. Wenigstens bleibe ich vom Umsteigen verschont. Dafür muss ich jetzt irgendwie das ganze Zeug in die Gepäckablage bugsieren, die mehr für Damenhandtaschen als für Koffer gedacht ist. Weiter hinten im Wagen nehme ich eine Gruppe Jugendlicher wahr, die mir interessiert bei meinem Versuch zuschaut, das Zelt neben die Tasche zu stopfen. Während ich mich auf Zehenspitzen balancierend abmühe, das Zelt so zu platzieren, dass es mich nicht bei der erstbesten Gelegenheit erschlägt, spüre ich, wie mein T-Shirt höher rutscht und den Blick auf meinen nackten Bauch freigibt. Mist. Anzügliches Gepfeife irgendwo aus den hinteren Reihen. Ich halte die Luft an und ziehe den Bauch ein, als sich der Zug in eine Kurve legt und ich völlig undamenhaft in die Arme des Mannes falle, der neben dem von mir reservierten Fensterplatz sitzt.

»Na, na, nicht so stürmisch«, brummt er.

»'tschuldigung.« So schnell wie möglich schiebe ich mich von seinem Schoß und warte darauf, dass er aufsteht und mich auf meinen Platz lässt. Aber anscheinend ist der Herr schwer von Begriff. Von oben kann ich sehen, dass er seine ziemlich langen, dafür aber nur noch spärlichen Haarsträhnen kunstvoll über den kahlen Hinterkopf gekämmt hat. Eine penetrante Duftmischung aus Haarspray und Rasierwasser steigt mir in die Nase.

»Ähm … das da ist mein Platz.« Ich zeige auf den Fensterplatz und da fällt bei ihm der Groschen und er quält sich aus seinem Sitz.

Was ein wenig schwierig ist, weil sein Bauch hinter dem schmalen Tisch festklemmt. Dann kann ich endlich an ihm vorbei und lasse mich erschöpft auf den Sitz fallen.

»Wo soll's denn hingehen, junge Dame?« Mit einem Keuchen sinkt mein Nachbar zurück ins Polster. Offensichtlich ist er hocherfreut über jede Abwechslung und nicht gewillt, mich so schnell vom Haken zu lassen.

»Nach Hamburg«, erkläre ich und starre angestrengt aus dem Fenster. In der Ferne erkenne ich den Frankfurter Messeturm. Ansonsten nur schmutzige Gebäude. Die glänzende Skyline, für die Frankfurt so bekannt ist, versinkt im Sommersmog.

Ich fahre gerne mit dem Zug aus der Stadt heraus. Von Minute zu Minute wird die Gegend grüner und die tristen Fassaden verschwinden am Horizont. Es fühlt sich an, als ob man einen grauen Mantel einfach von den Schultern streift.

»Schade, ich fahre nur bis Hannover«, höre ich meinen Sitznachbarn murmeln.

Ich stöhne innerlich auf. Bis Hannover. Das sind mehr als drei Viertel der Strecke. In gut vier Stunden werden wir in Hamburg sein und drei davon soll ich neben diesem Kerl aushalten? Unmöglich. Vorsichtig wende ich den Blick vom Fenster ab und schaue den Gang hinunter. Vielleicht finde ich einen anderen freien Platz. Aber der Zug ist fast voll und über den noch wenigen freien Plätzen leuchten die Reservierungsschildchen. Es hilft alles nichts, ich muss wohl oder übel mit meinem Sitznachbarn auskommen. Zu blöd.

Als meine Mutter sich nach unserem Streit letzte Woche wieder beruhigt hatte, klopfte sie irgendwann an meine Zimmertür. »Komm, lass uns wie zwei erwachsene Frauen miteinander reden.«

Das war ihre neueste Masche und ich fiel schon lange nicht mehr darauf herein. *Wie zwei erwachsene Frauen* bedeutete in ihren Augen nur, dass sie redete wie ein Wasserfall und ich gefälligst den Mund halten und ihr zuhören sollte. Aber den Gefallen tat ich ihr nicht, schließlich hatte ich sie durchschaut. Deshalb ließ ich sie vor der verschlossenen Zimmertür stehen und rief ihr nur zu, dass ich noch Hausaufgaben zu erledigen hätte. Doch am Abend fielen mir mein Handy und die Geschichte mit der Müller-Thurgau wieder ein, also musste ich klein beigeben und doch aus meinem Zimmer herauskommen. Die Gelegenheit hätte nicht günstiger sein können. Meine Mutter war das personifizierte schlechte Gewissen. Deshalb schüttelte sie über meine Biolehrerin nur den Kopf und versprach, am nächsten Tag bei meiner Schule vorbeizufahren und mir mein Handy zurückzuholen. Da es so gut lief, beschloss ich, die Gelegenheit beim Schopf zu packen, und erzählte ihr noch von meiner Fünf in Latein. Darüber war sie dann allerdings alles andere als begeistert. Genau wie mein Vater einige Tage später. Da waren sich meine Eltern dann seit Langem mal wieder einig. Sie vereinbarten, dass ich meine Ferien in Hamburg verbringen und am Tauchkurs teilnehmen durfte, dass aber täglich eine Nachhilfestunde Latein mit auf dem Programm stand.

Kim war zuerst entsetzt, als ich ihr von dem Telefongespräch und der Erpressung erzählte.

»Vielleicht sieht der Nachhilfelehrer ja ganz süß aus«, versuchte sie, mich zu trösten.

»Süß? Jemand, der Lateinnachhilfe gibt, kann aussehen, wie er will, der wird niemals süß sein!«, jammerte ich, aber natürlich konnte auch Kim mir nicht helfen. Nicht mal ihr Angebot, während der Nachhilfe ganz oft bei uns anzurufen, um den Unterricht zu verkürzen, tröstete mich. Mir war klar, dass mein Vater solche Unterbrechungen gar nicht erst zulassen würde. Aber dann dachte ich an Stefan und die Welt sah schon wieder besser aus.

Seit Kim mir von dem Tauchkurs erzählt hat, bekomme ich sein Bild nicht mehr aus dem Kopf. Ich bin gespannt, wie er jetzt aussieht.

Ob er sich noch an mich erinnert? Ich lehne mich zufrieden zurück, als mir plötzlich ein intensiver Geruch in die Nase steigt. Entsetzt starre ich auf den Klapptisch neben mir: Leberwurst! Mein Nachbar hat gerade zwei dick damit bestrichene Brotscheiben ausgewickelt und schon einmal herzhaft abgebissen.

»Vom Tschugfahren kriege isch immer tscho Hunger«, nuschelt er durch den Essensbrei.

Auch das noch. Genervt schließe ich die Augen. Was zu viel ist, ist zu viel. Ich ziehe mein Handy aus der Hosentasche und schicke eine Not-SMS an Kim. Hoffentlich liest sie meinen Hilferuf und hat eine Idee. Ich kann mich ja schlecht für die nächsten vier Stunden auf dem Klo einschließen.

»Willscht du auch einsch?«

Angewidert starre ich auf das Brot vor meiner Nase. Aber zum Glück erlöst mich das Klingeln meines Handys aus diesem Vegetarieralbtraum. Energisch schiebe ich die Hand meines Nachbarn zur Seite und drücke das Telefon ans Ohr.

»Aus was wird Leberwurst hergestellt?«, flötet es in mein Ohr.

Wie bitte? Ist Kim jetzt völlig durchgeknallt? Ich lehne meinen Kopf gegen die Fensterscheibe. »Kim, bitte, das ist nicht witzig«, flüstere ich in mein Handy.

»Das ist auch kein Witz, sondern eine ernst zu nehmende Frage«, antwortet meine allerbeste Freundin. »Ich habe mich entschlossen, ein Referat über Leberwurst zu schreiben, und bin gerade mit der Recherche beschäftigt.«

»Du schreibst ein Referat über Leberwurst?«, kreische ich. Erst als ich merke, wie mein Nachbar zusammenzuckt und einige Mitreisende interessiert die Köpfe zu mir drehen, füge ich etwas leiser hinzu: »Mensch, Kim, verarschen kann ich mich allein.«

»Süße, ich habe eben die Gummibärchen befragt, und sie raten mir dringend dazu, mit dir zusammen an einem solchen Projekt zu arbeiten. Das Ergebnis können wir bei den *Green Fighters* vorlegen oder du kannst das später in Bio bei dieser Weißherbst verwenden ...«

»Müller-Thurgau«, unterbreche ich Kim.

»Ach, ist doch egal. Wichtig ist nur, dass du weißt, wie Leberwurst hergestellt wird. Wer Vegetarier sein will, sollte wissen, wovon er spricht, sagt Laotse, also, woraus wird sie gemacht?«

Wenn Kim den chinesischen Philosophen Laotse zitiert, ist schluss mit lustig. So gut kenne ich meine Freundin inzwischen. Aber woraus wird Leberwurst eigentlich hergestellt?

Keine Ahnung. Vorsichtig schiele ich auf das Tischchen meines Nachbarn. Dort liegt immer noch das stinkende Butterbrot.

»Aus Schwein?«, rate ich.

»Richtig. Und zwar aus ziemlich viel Schwein«, antwortet Kim. »Was denkst du, welche Teile vom Schwein verwendet werden?«

Und jetzt endlich kapiere ich, was Kim von mir will. Von wegen Referat über Leberwurst. Ich kann nicht verhindern, in mein Handy zu kichern.

»Nicht lachen, die Lage ist ernst«, sagt Kim. »Also, welche Teile?«

»Keine Ahnung.« Ich zucke mit den Schultern. »Schweinebauch vielleicht?«

»Richtig! Los sprich mir nach: richtig fetter wabbeliger Schweinebauch.«

Ich muss mir auf die Lippen beißen, um nicht laut loszuprusten. »Richtig fetter wabbeliger Schweinebauch«, nuschele ich schnell in mein Handy.

»Wenn es was nützen soll, musst du lauter sprechen. Was noch außer Schweinebauch?«

»In Leberwurst ist noch mehr drin als wabbeliger Schweinebauch?«, frage ich jetzt so laut wie möglich und werfe dabei einen Blick auf den Bauch neben mir.

»Ja, nämlich Rückenspeck und vor allem gequirltes Kopffleisch.«

»Igitt«, entfährt es mir. Aber dann besinne ich mich wieder auf meine Mission und wiederhole brav: »Also außer den

Gewürzen natürlich und dem Salz besteht Leberwurst tatsächlich aus wabbeligem Schweinebauch, viel Rückenspeck und vor allem gequirltem Kopffleisch? Habe ich das richtig verstanden?«

Aus den Augenwinkeln beobachte ich, wie mein Nachbar sein Brot sinken lässt. Mehrere Mitreisende starren ihn bereits an.

»Kim, eine Frage noch. Das Kopffleisch, wird das mit oder ohne Ohren gequirlt?«, rufe ich in mein Handy.

Mein Nachbar stopft die Brotreste hektisch zurück in seine Plastiktüte und schiebt sie wieder unter den Sitz. Dann quält er sich mühsam hoch. »Ich brauche mal einen Kaffee, ist ja noch ganz schön weit bis Hannover.«

»Gefahr erkannt, Gefahr gebannt. Du bist ein Schatz, Kim. Ich freu mich auf dich!« Ich lege auf.

Das Zugbistro befindet sich in Wagen neun. Das sind acht Wagen hin und acht Wagen zurück für meinen Leberwurstnachbarn. Plus der Zeit für mindestens einen Kaffee würde ich jetzt sicher eine gute Stunde Ruhe vor ihm haben. Ich ziehe mein Lieblingsbuch aus dem Rucksack, mache es mir gemütlich und fange an zu träumen ... Ich stelle mir vor, dass ich von einer langen Vortragsreihe nach Hause komme. In ganz Deutschland war ich unterwegs und habe Diavorträge über die Arbeit meines berühmten Mannes und Umweltforschers Stefan Reuter gehalten, während dieser sich unter Einsatz seines Lebens dem Schutz der Ozeane gewidmet hat und im Golf von Mexico gegen die Ölpest kämpfte. Stefan wird mich mit nacktem Oberkörper an der Wohnungstür empfangen. Er war gerade dabei, die letzten Spuren von Maschinenöl und Schweiß von seinem Körper zu waschen. Er wird mich, die Frau an seiner Seite, in seine starken Arme nehmen, dann wird er mich hochheben und zu unserem breiten Wasserbett tragen. Dort öffnet er die Knopfleiste von meinem khakifarbenen Safarikleid, langsam, Knopf für Knopf, bis ich es vor Ungeduld kaum noch aushalte. Ich streichele seinen muskulösen Brustkorb und sein Stöhnen …

»Der Ausstieg befindet sich in Fahrtrichtung rechts.«

Die Durchsage aus dem Lautsprecher reißt mich aus meinen Träumen. Wir erreichen Göttingen. Der Zug fährt in den Bahnhof ein, und ich beobachte die Menschen, die aufspringen und nach ihren Taschen und Koffern greifen. Da wird mein Leberwurstnachbar wohl bald zurückkommen. Hannover ist nicht mehr weit.

Ich klappe mein Buch zu und schließe die Augen. Wie Anna wohl sein wird? Die ganzen letzten Tage habe ich den Gedanken an Papas neue Freundin verdrängt. Hamburg – das waren für mich bisher immer Papa und Kim. Papas Freundinnen waren nicht wichtig und dienten einfach nur dazu, dass er abends nicht allein ins Kino gehen musste oder sich mal zum Essen verabreden konnte. Aber mit Anna ist das jetzt anders. Sie will er heiraten. Ob sie schon bei ihm eingezogen ist? Was, wenn ich sie nicht leiden kann? Im Moment bin ich mir ziemlich sicher, dass ich sie nicht leiden kann. Mama hätte sich gar nicht solche Sorgen machen müssen.

Trotzdem fand ich es fies, dass sie mich nur wegen der Neuen nicht nach Hamburg lassen wollte. In einem Punkt gebe ich ihr allerdings recht. Anna hätte mit dem Umzug wenigstens warten können, bis ich wieder weg bin. Wie sie wohl aussieht? Mir fällt auf, dass ich rein gar nichts über die Frau weiß, die mein Vater heiraten will. Wo hat er sie kennengelernt? Wie alt ist sie? Hoffentlich macht sie nicht auf allerbeste Freundin, dann ziehe ich gleich zu Kim.

»Darf ich mal eben?«

Ein unsanfter Stoß holt mich zurück in das Hier und Jetzt. Mister Leberwurst ist wieder da und wühlt unter seinem Sitz herum. Endlich hat er seine Plastiktüte und seine Tasche gefunden.

»Schönen Tag noch«, brummt er und ist auch schon weg. Ich schaue aus dem Fenster. Tatsächlich, wir nähern uns Hannover. Jetzt wird es langsam ernst. Ich hole mein Handy raus und tippe eine Nachricht an Kim. *Hamburg – ich komme! Wann sehen wir uns?* Die Antwort lässt nicht lange auf sich warten. *Hole dich am Nachmittag ab. Abends Gruppentreffen am Strand.*

Heute schon? Gruppentreffen? Ich spüre, wie mein Herz schneller schlägt.

Stefan. Ich werde ihn heute noch sehen. Was soll ich anziehen? Was soll ich zu ihm sagen? Der erste Eindruck ist der allerwichtigste.

Das sagt Mama immer. Sie meint damit zwar eher den Eindruck, den sie als Rechtsanwältin auf einen Richter oder den Staatsanwalt macht, aber ich bin mir sicher, dass das in meinem Fall auch gilt. Schließlich habe ich einen Plan. Und der lautet: Wenn ich in sechs Wochen wieder in diesem Zug sitze, werde ich keine Jungfrau mehr sein!

Viertes Kapitel

VERLIEBT IN SCHWEINEMEDAILLONS

Ein lautes Quietschen reißt mich aus meinen Träumen. Rings um mich herum herrscht Aufbruchsstimmung. Der ICE ist im Hauptbahnhof Hamburg eingefahren und die meisten meiner Mitreisenden steigen hier aus. Ich habe noch ein paar Minuten, da mein Ziel der Bahnhof Hamburg Dammtor ist. Von dort ist es nur ein Katzensprung zu Papas Wohnung.

Als sich der Zug wieder in Bewegung setzt, fange ich an, meine Gepäckstücke aus der Ablage zu befreien und mich zum Ausgang durchzuschlagen. Der Zug wird langsamer, hält und ich steige aus.

Suchend schaue ich auf dem Bahngleis nach links und nach rechts. Wo zur Hölle bleibt Papa? Kann er nicht ein einziges Mal pünktlich sein? Eigentlich nehme ich es damit nicht so genau. Außer heute. Wenn es darum geht, seine Tochter, die man nur alle paar Monate einmal sieht, vom Bahnhof abzuholen, darf man gerne einmal rechtzeitig losfahren und sich um einen Parkplatz kümmern, finde ich. Genervt sinke ich auf meinen Koffer und richte mich auf eine längere Wartezeit ein. Der Bahnsteig ist inzwischen bis auf eine junge Frau vollkommen leer. Ob ich Papa mal anrufe, damit ich wenigstens weiß, ob er überhaupt an mich denkt? Ich ziehe mein Handy aus der Hosentasche.

»Karo? Hallo? Bist du Karolin Schreiber?«, spricht mich die Frau an. Kinnlange hellbraune Haare fallen ihr ins Gesicht.

»Äh ja. Bin ich. Aber woher kennen Sie …«, setze ich an und dann begreife ich.

»Hallo!« Die Frau streckt mir eine Hand hin. »Ich bin Anna Jung. Sag einfach Anna zu mir.«

Als ich ihre Hand nicht ergreife, zögert sie einen Moment, so, als ob sie nicht weiß, was sie jetzt sagen soll. Sie streicht sich eine Strähne aus der Stirn. »Na, jedenfalls herzlich willkommen in Hamburg, ich …«

»Wo ist Papa?«, unterbreche ich sie und stehe auf.

»Dein Vater ist noch in einem wichtigen Meeting und hat mich gebeten, dich abzuholen und nach Hause zu bringen.« Anna greift nach meinem Rucksack, aber ich bin schneller.

»Das trage ich allein.« Ich setze mir den Rucksack auf.

»Wie du willst.« Anna zuckt mit den Schultern und wendet sich dem Ausgang aus.

Ich klemme mir das Zelt unter den Arm und zerre den Rollkoffer hinter mir her. In mir kocht und brodelt es. *Nach Hause,* hat Anna gesagt, ganz so, als sei das ihr Zuhause und nicht meins oder das von Papa. Und überhaupt, was fällt Papa ein, mir einfach diese Zicke zu schicken, statt selbst zum Bahnhof zu kommen. Dass Anna eine Zicke ist, sieht man ja wohl sofort. Ich kann nicht genau schätzen, wie alt sie ist, aber auf jeden Fall ist sie viel jünger als Mama. Und schlanker, stelle ich fest, während ich mit meinem Gepäck hinter ihr herstolpere.

Ihre langen schlanken Beine stecken in verwaschenen Röhrenjeans, die Füße in schlichten flachen Sandalen. Zu den Jeans trägt sie ein übergroßes weißes Männerhemd, das sie lässig über der Hüfte geknotet hat. Bestimmt ein Hemd von Papa. Schwitzend wuchte ich meinen Rollkoffer über den Bordstein. Was für ein Auto sie wohl fährt? Ich lasse meinen Blick über den Parkplatz schweifen. Sicher hat sie so einen völlig überteuerten Flitzer, beschließe ich und stolpere fast in Anna hinein, als diese plötzlich stehen bleibt.

»Achtung!«, ruft sie und vor mir schwingt die Heckklappe eines nicht mehr ganz neuen VW-Busses auf. Für einen kurzen Moment bin ich überrascht. Ein Bus ist schon ziemlich cool. Mit Kim zusammen habe ich im letzten Sommer oft die Surfer bewundert, die immer mit ihren bunt angemalten Bussen zum Strand kamen.

Auch Annas Wagen ist angemalt. Ein stilisierter Kellner flitzt in grellem Pink auf einem Skateboard über die dunkelblaue Seitentür und balanciert dabei ein voll beladenes Tablett. Hinter sich her zieht er einen Schriftzug: *Annas Partyservice.*

Anna hat einen Partyservice? Fast muss ich grinsen. Damit dürfte feststehen, dass Anna besser kochen kann als meine Mutter. Schnell setze ich wieder eine ernste Miene auf und wuchte mein Gepäck in den Kofferraum. Anna öffnet mir die Beifahrertür und ich klettere auf den Sitz. Verstohlen beobachte ich sie von der Seite, wie sie den Gang einlegt und dann ziemlich souverän rückwärts ausparkt. Ich lehne mich zurück, während Anna den Bus in den fließenden Verkehr einfädelt. Endlich Hamburg! Eigentlich müsste ich jetzt total aus dem Häuschen sein, aber die Tatsache, dass Papa mich versetzt hat und ich jetzt neben Anna sitze, dämpft meine Freude gewaltig.

»Hattest du eine gute Fahrt?« Anna wendet sich mir zu.

»Mmh«, grunze ich und schaue angestrengt aus dem Fenster. Hoffentlich quatscht sie mich jetzt nicht voll.

»Karo – ich darf doch Karo sagen, oder? Also ich weiß, das ist alles nicht so leicht für dich, aber du musst verstehen, dass es für mich auch nicht leicht ist und ich …«

Ich stöhne auf und Anna verstummt. Völlig falscher Text. Alles, bloß nicht diese Mitleidstour. Jedes Mal wenn ich diesen Satz in letzter Zeit gehört habe, hätte ich kotzen können. *Schätzchen, ich weiß, das ist nicht leicht für dich, aber schau mal, für mich ist es auch nicht leicht. Seit dein Vater uns verlassen hat …* Kotz! *Kleine, ich weiß, wie schlecht es dir jetzt geht, aber mir geht es auch schlecht, seit deine Mutter …* Würg! *Du hast eine schwere Zeit, Liebes, aber für mich ist es auch schwer. Wir schaffen das gemeinsam …*

Nein, nein, nein! Ich will dieses »Mir geht es genauso schlecht wie dir« nicht mehr hören.

»Sag mal, hat Jochen dir eigentlich irgendetwas von mir erzählt?«, will Anna jetzt wissen.

Jochen. Es ist lange her, dass ich den Vornamen meines Vaters gehört habe. Ich schüttele den Kopf.

»Aha, dachte ich es mir doch.« Anna gibt ein bisschen mehr Gas und hupt einen Wagen an, dessen Fahrer vor ihr im Schneckentempo nach einer Hausnummer sucht. »Das ist so typisch Mann«, ereifert sie sich und schlägt mit der Hand auf das Lenkrad.

Einen Moment lang bin ich mir nicht sicher, ob sie den Fahrer im Wagen vor uns oder meinen Vater meint.

»Wenn es kompliziert wird, ziehen sie sich einfach aus allem heraus und versuchen, das Problem durch Schweigen zu lösen.« Ich muss schmunzeln, ob ich es will oder nicht. Schnell beiße ich mir auf die Lippen. Aus den Augenwinkeln sehe ich, dass Anna auch grinst. Fast könnte ich sie nett finden, wäre da nicht diese winzige, aber nicht zu verleugnende Tatsache, dass sie mir meinen Vater wegschnappen will.

Anna macht eine Vollbremsung und ich knalle fast mit dem Kopf an die Scheibe.

»Sorry«, ruft sie, »aber hier ist was frei!« Und dann parkt sie den VW-Bus in einem Rutsch rückwärts ein. Noch ein Punkt für Anna, muss ich in Gedanken an Mamas nicht vorhandene Parkkünste zugeben.

Papas Wohnung befindet sich in einem wunderschönen Altbau im zweiten Stock. Vom ersten Besuch an habe ich diese Wohnung mit den großen Fenstern, den hohen stuckverzierten Decken und den Holzfußböden geliebt. Diesmal lasse ich gnädig zu, dass Anna meinen Rucksack und mein

Zelt nimmt. Mit meinem Rollkoffer habe ich mehr als genug zu tun, bis ich unzählige Treppenstufen später vor der Wohnungstür stehe.

»Das war Fitness vom Feinsten.« Anna lacht und dreht den Schlüssel im Schloss herum.

Ich schwitze und fühle mich völlig fehl am Platz. Ich bin nicht unsportlich und ich bewege mich auch ganz gern, aber trotzdem komme ich mir neben Anna, die kein bisschen angestrengt wirkt, plötzlich fett und träge vor. Schnell schiebe ich meinen Koffer, den Rucksack und das Zelt in mein Zimmer. »Danke fürs Abholen«, murmele ich.

»Kein Problem. Ich mach uns rasch einen kleinen Imbiss. Du hast doch bestimmt Hunger nach der langen Fahrt. Wenn du willst, kannst du inzwischen duschen.« Anna verschwindet in Richtung Küche.

Duschen? War das jetzt ein Wink mit dem Zaunpfahl? Das geht ja wohl ein bisschen zu weit. Wütend knalle ich die Tür hinter mir zu. Wenigstens in meinem Zimmer ist alles so geblieben, wie ich es nach den letzten Ferien zurückgelassen habe. Ich berühre das Plakat mit den Orcas, das über meinem Bett hängt. Alle *Green Fighters* haben darauf unterschrieben. Zärtlich fahre ich mit dem Finger die Unterschrift von Stefan nach. Schon heute werde ich ihn wiedersehen!

Ich fange an, meinen Koffer auszupacken, und hänge die Sachen in meinen Schrank. Zwischen den Jeans ist mein Notebook, das ich jetzt vorsichtig herausnehme und auf den leeren Schreibtisch lege. Mein Zelt schiebe ich erst mal unter das Bett. Ob ich es hier im Zimmer aufbaue, weiß ich noch nicht. Eigentlich habe ich es mitgenommen, weil Kim etwas von einem gemeinsamen Campingwochenende der *Green Fighters* am Elbstrand erzählt hat. Zelten mit Stefan. Nur er und ich unter dem dünnen Stoffdach und darüber der Himmel. Ich stelle mir vor, wie wir nebeneinander auf dem Bauch liegen und gemeinsam aus dem Eingang in den Nachthimmel schauen. Stefan hat seinen Arm um meine Schulter gelegt und gibt mir einen sanften Kuss auf den nackten Hals. Dann wandert sein Mund über meinen Nacken, und er fängt an, zärtlich an meinem Ohr zu knabbern. Ich drehe mich zu ihm um, seine Lippen legen sich auf meine und wir versinken in einem langen innigen Kuss. Es klopft.

»Karo! Das Essen ist fertig und Jochen hat angerufen, er ist auf dem Heimweg. Magst du in die Küche kommen?«

Ich mag nicht, aber ich öffne trotzdem die Tür. Anna ist schon wieder weg und ich verschwinde im Badezimmer.

Anna hat schon überall ihre Spuren hinterlassen. Ein Körbchen mit Lippenstiften und anderen Schminkutensilien steht auf der Ablage über dem Waschbecken, an einem Haken baumelt neben Papas Morgenmantel ein japanischer Kimono, auf dem Badewannenrand sind Schaumfestiger, Haarspray und verschiedene Tagescremes nebeneinander aufgereiht. Auf der Fensterbank thront ein knorriger Ast, von dem verschiedene Ketten in allen Längen und Farben baumeln. Kein Zweifel – Anna ist hier jetzt schon mehr zu Hause, als ich es je sein werde. Auf einmal fühle ich mich ganz falsch in Papas Wohnung – wie ein Gast in einem fremden Haus. Als ich mich auf den Weg in die Küche mache, erreicht meine Stimmung den Nullpunkt. Nur gut, dass Papa bald nach Hause kommt.

Mit diesem Gedanken öffne ich die Küchentür – und erstarre augenblicklich. Mein Vater ist schon zu Hause, nur hatte er wohl keine Zeit, mich zu begrüßen. Stattdessen steht er mit dem Rücken zu mir vor dem Esstisch, auf dem Anna sitzt, die Beine und Arme eng um ihn geschlungen. Die beiden sind so sehr damit beschäftigt, sich gegenseitig die Zunge in den Hals zu stecken, dass sie mich gar nicht bemerken.

Das. Ist. So. Widerlich.

Ich will gerade auf dem Absatz kehrtmachen, als Papa Anna lachend vom Tisch hebt, zu mir herumwirbelt und ruft: »Hallo, Kleine, na endlich! Ich dachte schon, du bist auf dem Klo eingeschlafen!« Dann setzt er Anna ab und kommt auf mich zu. Ich weiß gar nicht, wohin ich gucken soll. Aber Papa scheint das gar nicht zu merken. »Wie ich höre, habt ihr euch schon kennengelernt, du und Anna? Kleine, mach nicht so ein Gesicht, ich bin mir sicher, ihr werdet euch ganz wunderbar verstehen!«

Werden wir nicht, da bin ich mir mindestens genauso sicher.

»Ich soll dir ganz liebe Grüße von Mama ausrichten«, sage ich schnell.

»Mama? Ah ja, danke.« Mein Vater stottert und ich spüre eine gewisse Genugtuung.

»Wollen wir jetzt nicht erst mal was essen?«, versucht Anna die Situation zu retten.

»Du hast da noch ein Stückchen Schafskäse am Hintern«, sage ich zu ihr und zeige auf ihren Po, bevor ich mich auf einen Stuhl fallen lasse.

Anna lacht nur und zwinkert Papa zu. Mist. Der Schuss ging nach hinten los. Aber wenigstens Papa ist ein bisschen rot geworden, stelle ich zufrieden fest. Als ich den gedeckten Tisch sehe, merke ich erst, wie hungrig ich bin. Ich habe seit dem Frühstück nichts mehr gegessen. Ich lasse meinen Blick über die vielen kleinen Schalen mit verschiedenen Leckereien schweifen und fülle mir den Teller mit Oliven, getrockneten Tomaten, eingelegtem Schafskäse und frischem Weißbrot. 15 Minuten Waffenstillstand, beschließe ich und gieße mir ein großes Glas Apfelschorle ein.

»Ich bin mir sicher, dass du und Anna in kürzester Zeit die allerbesten Freundinnen sein werdet«, versucht Papa es noch einmal.

Ich verdrehe innerlich die Augen. Blablabla.

Wenigstens hält Anna die Klappe und verabschiedet sich schon ein paar Minuten später mit der Erklärung, dass sie für irgendein Buffet morgen noch etwas einkaufen müsse.

»Und? Wie findest du sie?« Papa schaut mich erwartungsvoll an.

Das ist jetzt nicht sein Ernst? Ich bin so perplex, dass ich gar nicht sprechen kann. »Wo hast du sie eigentlich kennengelernt?«, frage ich, um überhaupt irgendwas zu sagen.

Dabei fällt mir jedes einzelne Wort so schwer, als ob ich es erst kauen müsste, bevor ich es ausspucken kann.

»Anna hat das Catering bei einem größeren Event meiner Firma gemacht. Ich habe mich erst in ihre Schweinemedaillons und dann in sie verliebt!« Papa strahlt mich an.

Gott, ist das peinlich. »Aha.« Mehr fällt mir dazu nicht ein. Ich versuche krampfhaft, mich daran zu erinnern, ob Papa früher auch so verliebt von Mama gesprochen hat. Irgendwann müssen sie sich doch einmal geliebt haben, immerhin haben sie geheiratet und mich bekommen. Natürlich weiß ich, dass die Liebe manchmal nicht ewig hält, dass Beziehungen zerbrechen und Menschen sich trennen. Trotzdem will ich dieses Bild in mir finden, das Bild von Mama und Papa, als sie noch glücklich miteinander waren. Aber alle meine Erinnerungen drehen sich um Streit, heftige Worte und viele Tränen. Und jetzt grinst Papa mich an wie ein verliebtes Honigkuchenpferd, und die Frau, in die er sich verliebt hat, ist nicht Mama. Ganz plötzlich trifft mich die Erkenntnis wie ein Schlag. So als ob da vorher noch ein ganz dünner letzter Faden war, der alles zusammengehalten hat und der jetzt durchgeschnitten wurde. Zack. Aus. Vorbei. Papa liebt eine andere. Mama und Papa wird es nie mehr geben. Ich spüre, wie mir Tränen in die Augen schießen, und schlucke und schlucke, um zu verhindern, dass ich gleich losheule. Ich starre vor mich auf den Tisch und konzentriere mich auf eine Fliege, die zwischen den Brotkrümeln herumspaziert. Ich zähle ihre Beinchen und betrachte ihre schillernden Flügel.

Papa scheucht die Fliege mit einer Handbewegung weg. »Gib dir ein bisschen Mühe, okay?« Seufzend steht er auf und fängt an, den Tisch abzuräumen. Mechanisch reiche ich ihm die Sachen. Als wir fertig sind, will ich nur noch allein sein.

Fünftes Kapitel
BRATWURSTTRÄUME

»Kimmiiiii!!!« Jubelnd falle ich Kim um den Hals und vergesse dabei, dass ich nur in mein Badehandtuch gehüllt zur Tür gelaufen bin. Hektisch hebe ich das Handtuch auf und wickele es mir mit einer Hand wieder um den Körper, während ich mit der anderen Kim hinter mir her in mein Zimmer zerre.

Kim lässt sich lachend aufs Bett plumpsen, und ich schlüpfe schnell in meine Klamotten, die auf dem Fußboden verstreut liegen. Kim sieht wieder einmal toll aus. Zu einem minikurzen karierten Rock trägt sie ein schwarzes Top, das an mehreren Stellen Löcher hat, die mit schwarzem Netzstoff hinterlegt sind. Passend zum Rock hat sie rot-grün karierte Chucks an, die sie einmal umgekrempelt hat. Das Coolste aber sind ihre Ohrstecker. Zwei winzige silberne Totenköpfe glitzern mir entgegen und verleihen Kim den Touch einer Piratenbraut.

»Ich bin so, so, so froh, dass du da bist!«

Kim lacht. »Ich bin auch so, so, so froh, dass du da bist«, antwortet sie und zieht ein kleines Päckchen aus der Tasche. »Hier. Für dich!«

»He, das sind ja die gleichen wie deine!« Schnell nehme ich meine langweiligen Perlenohringe heraus und bitte Kim, mir beim Anstecken der kleinen Totenköpfe zu helfen.

»Perfekt! Jetzt können wir zusammen die Ozeane erobern.«

»Und Stefan«, fügt Kim grinsend hinzu.

»Ja. Vor allem Stefan!«

Übermütig springe ich auf mein Bett. »Männer dieser Welt, nehmt euch in Acht! Hier kommen die gefährlichsten Bräute der sieben Meere, um euch zu kapern!«

Mein Bett knarrt bedenklich, als Kim neben mich hopst und die Hand wie in einem imaginären Ausguck vor die Augen legt.

»Egal wo ihr seid. Kein Versteck ist vor uns sicher. Wir finden euch und dann gnade euch Gott! Wer sich uns widersetzt, wird mit Küssen nicht unter zwei Stunden bestraft!«

»Ich wollte euch nur sagen, dass ich wieder da bin.« Anna steckt den Kopf zur Tür herein. »Falls ihr für eure Weltumsegelung noch was zum Essen oder Trinken braucht ...«

»Schon mal was von Anklopfen gehört?!« Wütend springe ich vom Bett und knalle Anna die Tür vor der Nase zu.

»He, Karo, sie hat es doch nur gut gemeint.« Kim legt mir den Arm um die Schultern.

Aber meine gute Laune ist futsch.

»Von wegen gut gemeint. Herumschnüffeln und uns wie kleine Kinder behandeln. Wenn ich was zum Essen brauche, dann finde ich den Kühlschrank auch allein.«

»Hat sie eigentlich selbst auch Kinder?«, fragt Kim.

Ich verdrehe die Augen. »Nein, sie hat keine Kinder. Und wenn du nicht willst, dass ich gleich ausflippe, dann lass uns einfach nicht von ihr sprechen.«

»So schlimm?« Kim runzelt die Stirn. »Die Karten haben mir eigentlich gesagt, dass sie perfekt zu deinem Vater passt. Die beiden werden sehr glücklich miteinander werden.«

»Kim, bitte!« Ich klinge lauter, als ich beabsichtigt hatte. »Es interessiert mich nicht, was die Karten über Anna und meinen Vater sagen. Ich wünschte, Papa hätte diese Anna nie kennengelernt. Und vor allem wünschte ich, sie wäre nie hier eingezogen. Früher war das echt eine tolle Wohnung. Aber jetzt ist überall nur noch Anna, Anna, Anna!« Ich sehe, wie Kim zusammenzuckt. »Es ist nichts mehr wie früher, verstehst du? Papa hat mich kaum beachtet. Das Einzige, das ihn interessiert hat, war die Frage, ob ich Anna genauso toll finde wie er. *Ich habe mich erst in ihre Schweinemedaillons und dann in Anna verliebt*«, äffe ich meinen Vater nach.

»Schweinemedaillons? Ist nicht wahr, oder?« Kim ist auch Vegetarierin wie ich und jetzt ist sie endlich voller Mitgefühl. »Es tut mir leid. Ich dachte ja nur, weil die Karten …«

»Finde lieber heraus, was die Karten über mich und Stefan sagen«, wechsele ich das Thema.

Kim grinst und fischt einen Zettel aus ihrer Tasche. »Längst passiert. Allerdings habe ich nicht die Karten gefragt, sondern die Sterne zurate gezogen.« Ich nicke. »Okay.« Kim faltet ihren Zettel auseinander. »Stefan ist Sternzeichen Stier.

Im Mai ist er 18 geworden. War übrigens eine tolle Party. Jede Menge cooler Leute da und eine Wahnsinnsmusik! Schade, dass du nicht dabei sein konntest.«

»Kim!« Musste sie jetzt unbedingt Salz in meine Wunden streuen? Ich habe mich im Mai schon genug geärgert, dass ich die Geburtstagsparty von Stefan nur aus der Ferne miterleben konnte. »Und so was nennt sich allerbeste Freundin«, maule ich.

»Warte doch mal. Also, Stefan ist Stier. Und jetzt pass auf!« Kim räuspert sich und hält den Zettel so, dass ich nicht das kleinste bisschen von ihren Notizen lesen kann. »Der Stier ist sich seines kraftvollen Körpers sehr bewusst«, zitiert Kim. »Er ist lustbetont und sinnlich. Darauf beruht seine Anziehungskraft.« Kim grinst, und ich fühle, wie ich rot werde. »Er ist ein Genießer. Das gilt auch für seinen sexuellen Appetit. Langes romantisches Geplänkel liegt ihm nicht. Das, was ein Stier will, das nimmt er sich.« Erwartungsvoll sieht Kim mich an.

»Und was sagen die Sterne über mich?«

Kim muss nicht unbedingt merken, wie weich meine Knie gerade geworden sind. *Sexueller Appetit. Das, was ein Stier will, nimmt er sich.* Und was, wenn Stefan mich gar nicht will?

»Tja.« Kim druckst herum. »Also, die Wassermann-Frau.«

»Nun mach es nicht so spannend.«

»Also gut. Die Wassermann-Frau.« Kim sucht nach der richtigen Stelle in ihren Notizen. »Die Wassermann-Frau ist eine Langsamstarterin.«

»Waaas?« Ich will Kim den Zettel wegreißen, aber sie springt auf, hüpft auf mein Bett und liest im Stehen weiter. »Die Wassermann-Frau liebt Romantik und Zärtlichkeiten. Sie stellt ihre eigenen Bedürfnisse immer hintenan und ist deshalb die ideale Partnerin für ältere gebrechliche Männer. Sie nimmt gerne Rücksicht und …«

Weiter kommt Kim nicht, weil ich ihr mit einem wütenden Aufschrei ein Kissen an den Kopf werfe und den Zettel entreiße. »Ältere gebrechliche Männer! Wer denkt sich denn so einen Schwachsinn aus?«

Kim zuckt mit den Schultern. »Du wolltest es ja unbedingt hören. Lass uns lieber darüber nachdenken, wie wir Stefan so richtig scharf auf dich machen.«

Das klingt schon besser. Ist aber leider auch meine größte Sorge. Denn ich bin mir ziemlich sicher, dass Stefan alles andere als scharf auf mich sein wird.

»Wenn ich die Sterne richtig verstanden habe, ist der Stier ein Eroberer«, überlegt Kim. »Das heißt mit anderen Worten, du solltest ihm auch etwas zum Erobern bieten. Dein – ähm – Plan sollte vielleicht nicht zu offensichtlich sein.«

»Zunächst einmal würde es mir schon reichen, wenn er mich überhaupt ansieht und vielleicht auch mit mir spricht«, versuche ich, Kims Eifer ein wenig zu bremsen.

»Willst du quatschen oder poppen?«, kontert Kim und prompt werde ich wieder rot. Vom ersten Mal zu träumen, ist das eine. Es tatsächlich zu planen, ist irgendwie etwas ganz anderes. Und immerhin geht es hier um ganz realen Sex. So richtig mit Anfassen und nackter Haut und so. Das ist mit dem virtuellen Gefummel von Kim überhaupt nicht zu vergleichen.

Prüfend schaut Kim mich von oben bis unten an. So ähnlich muss sich Schlachtvieh kurz vor dem Verkauf fühlen. »Hm – also ich würde sagen, sommerlich frech, aber nicht zu viel Haut. Gerade so, dass der Typ Lust auf mehr kriegt. Hast du noch eine andere Hose dabei?« Ihr Blick bleibt an meinen ausgebeulten Jeans hängen. Meinen absoluten Lieblingsjeans. Noch bevor ich etwas erwidern kann, ist Kim aufgestanden und durchforstet meinen Kleiderschrank. Ein Teil nach dem anderen fliegt aufs Bett.

»Zu langweilig. Zu dunkel. Zu schlabberig. Gibt es hier noch etwas anderes als T-Shirts?«

»Hey, ich will zu keiner Modenschau gehen!«

»Willst du Stefan ins Bett kriegen oder nicht?«

»Kim, ich …«

»Na also.« Kim zieht ein türkisfarbenes Hemd aus meinem Schrank. »Das hier, das könnte gehen!« Eigentlich ist es ein Männerhemd. Ich habe es mir auf einem Flohmarkt gekauft, weil mir die Farbe gut gefallen hat. Sie erinnert mich an das Meer im Sommer. Außerdem ist das Hemd schön weit, sodass ich mir nicht dauernd Gedanken um meine zu breiten Hüften und andere Körperteile machen muss.

»Die Farbe ist irre. Da kommen deine roten Locken super zur Geltung. Schade, dass das Ding so weit ist, aber das kriegen wir schon hin. Hast du eine Schere?«

»Eine Schere?« Entsetzt starre ich Kim an. »Wozu brauchst du eine Schere?«

»Frag nicht, sondern hol eine. Oder willst du den Abend in deinem Zimmer verbringen statt auf der Party?«

Kim zerrt die schwarze Jeans aus meinem Schrank.

»He, was soll das?«

Zu spät. Kim hat die Schere schon angesetzt und schneidet ein Hosenbein knapp oberhalb des Knies ab. Dann das andere.

»Los, zieh mal an!« Sie wirft mir die Reste meiner Jeans zu. Wenigstens ist sie mir nicht zu eng.

»So, jetzt nur noch hochkrempeln.« Mit wenigen Handgriffen macht Kim aus meiner Jeans eine extrem knappe Shorts.

»Schade, dass deine Beine noch bleich sind, aber das ist nicht zu ändern. Und am Montag gehen wir shoppen. In Hamburg brauchst du was Anständiges zum Anziehen. Aber für heute Abend muss es reichen.«

Ich verzichte darauf, meiner Freundin zu erklären, dass es das Los der Rothaarigen ist, im Sommer nicht besonders braun zu werden, und beobachte fasziniert, wie sie mein Hemd wieder aufknöpft und die beiden Zipfel eng über meiner Hüfte verknotet. Für einen kurzen Moment muss ich an Anna denken, die Papas Hemd ebenso lässig geknotet hatte. Hoffentlich laufe ich ihr heute nicht mehr über den Weg. Das fehlte noch, dass Anna glaubt, sie sei zu meinem modischen

Vorbild geworden. Kritisch betrachte ich mich im Spiegel. Ich bin mir sicher, dass man durch den Ausschnitt meinen Bauchnabel sehen kann, und bin froh, dass ich den schwarzen BH angezogen habe, der als Bikini-Oberteil durchgeht. Trotzdem fühle ich mich nicht wohl in meiner Haut.

»Perfekt!« Kim verschränkt die Arme vor der Brust.

»Ich weiß nicht …« Nervös zupfe ich an dem offenen Hemd herum. Aber ich muss zugeben, dass die kurzen Jeans und das frech geknotete Oberteil wirklich nicht schlecht sind. Es ist ja nicht so, dass ich nicht gerne hübsche Sachen anziehe. Nur sind die meisten Klamotten einfach nicht für mich gemacht. Das finde ich jedenfalls. Mein Busen zum Beispiel. Ohne BH geht da gar nichts. Und damit fallen für mich ärmellose Tops oder diese Dinger mit den Spaghettiträgern einfach weg, weil es bescheuert aussieht, wenn der BH darunter hervorblitzt. Wie oft habe ich Sophia um ihren nicht vorhandenen Busen beneidet. Sie kann einfach alles tragen. Sie ist so dünn, sie könnte sich in den Wohnzimmerteppich ihrer Eltern einrollen und würde darin schlank wirken.

»Jetzt ein wenig Lipgloss und ein bisschen Puder fürs Dekolleté und alles ist perfekt.« Kim reicht mir das Lipgloss und taucht den Puderpinsel in eine Dose mit der Aufschrift *Sommerstaub*. Ich bürste meine Locken noch einmal richtig auf. Meine Haare sind das Einzige, worauf ich wirklich stolz bin.

»Jetzt siehst du aus wie eine echte Piratenbraut. Oder wie eine Nixe.« Kim schaut über meine Schulter mein Spiegelbild an. »Wenn Stefan jetzt nicht anbeißt, dann ist ihm echt nicht zu helfen.«

Stefan. Fast habe ich vergessen, für wen wir diesen Aufwand betreiben. Der Gedanke an Stefan macht aus meinen Knien wieder Wackelpudding und vorsichtshalber lasse ich mich aufs Bett sinken.

Kim schiebt schnell die offene Tüte mit den Gummibärchen zur Seite, bevor ich noch ihre kostbaren Orakeltierchen platt sitze.

Als ich zugreifen will, hält sie meine Hand fest.

»Wenn du willst, dass Stefan heute Abend schon schwach wird, solltest du nur die roten essen.«

Ich nehme mir ganz gezielt ein paar rote Bärchen aus der Tüte. Ich glaube nicht wirklich an die Kräfte dieser Gummitiere. Aber ich will mein Schicksal auch nicht herausfordern.

Als wir uns am Abend der Party am Elbstrand nähern, ist es noch hell und sommerlich warm. Die Mitglieder der *Green Fighters* sitzen oder stehen in kleinen Grüppchen zusammen, vereinzelt haben sie Flaschen in der Hand und weiter hinten brennt ein kleines Lagerfeuer. Von irgendwo klingt Musik zu uns herüber. Der Geruch nach gegrillten Würstchen und Sonnencreme hängt in der Luft.

Kim nimmt meine Hand und zieht mich mit sich. Sie wird von allen Seiten mit lautem Hallo begrüßt.

Und dann steht er vor uns. Sofort schlägt mein Herz bis zum Hals. Stefan. Lässig lehnt er an seinem Roller und allein von seinem Anblick bekomme ich weiche Knie. Er trägt eine schwarz-grau karierte Bermudashorts und dazu ein supercooles schwarzes T-Shirt mit einem stilisierten Hai als Aufdruck. Selbst unter dem T-Shirt kann man sehen, wie durchtrainiert sein Körper ist. Da ist mit Sicherheit kein Gramm Fett zu viel. Seine Arme und Beine sind braun gebrannt, sodass die hellen Härchen auf seiner Haut golden schimmern. Um die Handgelenke hat er Lederbänder gewickelt. Seine blonden Locken kringeln sich wild über seinen Schultern und um den Hals trägt er ebenfalls ein Lederband mit einem Haifischzahn. Die Ärmel seines T-Shirts hat er aufgerollt. Mein Blick bleibt auf Stefans Oberarmen hängen. Der Kerl sieht exakt so gut aus, wie ich ihn in Erinnerung habe. Zu gut, denke ich plötzlich. Viel zu gut für mich.

»Hi, Stefan!«, ruft Kim. »Schau mal, wen ich mitgebracht habe!«

»Äh – hi, Kim!« Stefan winkt ihr zu, dann bleibt sein Blick an mir hängen, um gleich darauf wieder zu Kim zu wechseln. »Hast du auch was zum Trinken dabei?«

Wo ist das Loch im Erdboden, in das ich kriechen kann? Stefan hat ganz offensichtlich nicht nur keinen blassen Schimmer, wer ich bin, es ist ihm auch vollkommen egal. Hektisch zupfe ich an Kim. Ich will weg von hier. Denn plötzlich habe ich das Gefühl, dass jeder auf meiner Stirn lesen kann: *Ich will Sex mit Stefan!*

Mit einer Hand ziehe ich weiter an Kim, mit der anderen versuche ich, sämtliche Knöpfe meines Hemds zu schließen.

Aber Kim lässt sich nicht beirren. »Stefan, du kennst doch Karo noch, oder?«

»Karo? Karo? Klar, ich erinnere mich. Du warst im letzten Sommer auch schon hier. Du hast deinen Vater besucht, richtig?«

Ich strahle ihn an. Er weiß, wer ich bin. Auch wenn ich etwas enttäuscht bin, dass er mit keinem Wort die Wal-Rettungsaktion erwähnt, die ich von zu Hause aus mitbetreut habe. Da ein Teil meiner Mails damals direkt an Stefan ging, müsste er das eigentlich wissen.

Trotzdem: Dass er sich jetzt an mich erinnert, ist wenigstens ein Anfang.

Stefan wendet sich von uns ab und winkt einem Kumpel.

»Karo ist extra für deinen Tauchkurs nach Hamburg gekommen!«, probiert Kim es noch mal.

Der Kumpel steht jetzt neben Stefan und reicht ihm ein Bier.

»Hey, super, Bobby, danke!«

Flaschen klirren aneinander.

»He, Mädels, wollt ihr auch einen Schluck?« Auffordernd hält Bobby mir die Flasche hin.

»Nee, lass mal«, sage ich und drücke Kims Hand.

»Die dürfen nicht.« Stefan prostet uns zu. »Fanta steht da hinten!« Er deutet mit dem Kopf Richtung Lagerfeuer. Bobby grinst.

Irgendwie läuft das hier alles gerade ganz und gar nicht so, wie ich es mir vorgestellt habe. Woher kennt Stefan denn diese Dumpfbacke? Sorry. Aber Jungs, die ihre Hose in den Kniekehlen hängen haben, kann ich einfach nicht ernst nehmen. Ich weiß, dass viele auf diese Baggy-Jeans stehen, aber mein Ding ist das nicht. Mich erinnern diese Hosen zu sehr an die Windelpakete, die den Kleinkindern im Schwimmbad zwischen den Beinen herumbaumeln. Kim geht es offensichtlich genauso.

»He, Bobby, wo hast du denn dein Bobby-Car geparkt?«, höre ich sie flöten.

»Ich bin heute im Buggy gebracht worden, dann muss ich nicht selbst fahren«, kontert Bobby und prostet Kim zu.

Eins zu null für ihn. Humor hat er, das muss ich ihm lassen. Beherzt greife ich nach seiner Flasche.

»He, lass mir auch noch was drin.«

Ist ja nicht so, dass ich noch nie Bier getrunken habe. Aber wenn ich ehrlich bin, mag ich das Zeug nicht besonders. Das spielt im Moment jedoch keine Rolle.

»Na, dann prost!« Stefan stößt seine Flasche gegen meine, gerade als ich sie an den Mund gesetzt habe.

»Prost«, quetsche ich würgend hervor und versinke in seinen stahlblauen Augen.

Bobby entreißt mir seine Bierflasche und zieht Stefan zu einer Gruppe weiter hinten am Strand.

Stefan zwinkert mir zu. »Wir sehen uns.«

Ich starre ihnen hinterher. Er hat mir zugezwinkert. Stefan Reuter, der mit Abstand schönste und coolste Typ in Hamburg, hat mir, Karolin Schreiber, zugezwinkert.

Kim boxt mich in die Seite. »Du kannst wieder anfangen zu atmen. Er ist weg.«

Irritiert drehe ich mich zu ihr um. »Wer ist weg?«

»Stefan.« Kim verdreht die Augen. »Los komm, du musst erst mal was essen.«

Ich seufze und trotte Kim hinterher. Rückwärts. Damit ich Stefan nicht aus den Augen verliere.

Sechstes Kapitel

RÜHREI UND SPECK

Ich stecke gerade wieder mitten in meinem Lieblingstraum zusammen mit Stefan, als mein Handy klingelt und mich erbarmungslos aus den Armen meines Traumtypen reißt.

Ich blinzele gegen die Helligkeit an und versuche, die Nummer auf dem Display zu erkennen. Meine Mutter. Oh nein. Der Sonntag fängt ja gut an. Ich lasse mich zurück auf das Kopfkissen sinken und drücke die Empfangstaste. Mama hatte ich vollkommen vergessen.

»Hallo, Karo«, brüllt sie mir dann auch schon ins Ohr, »bist du wach?«

»Jetzt ja«, brummele ich. »Schrei doch nicht so!«

»Warum gehst du nie ans Telefon? Ich habe schon mindestens zehnmal versucht, dich zu erreichen.«

Fünfmal, korrigiere ich in Gedanken, aber im Grunde hat sie ja recht. Als ich gestern Nacht von der Party zurückkam, hatte ich tatsächlich fünf Anrufe in Abwesenheit von meiner Mutter auf dem Display. Aber zum Zurückrufen hatte ich gestern keine Lust mehr. Ich wollte einfach nur noch ins Bett und träumen.

Die Party war noch ganz nett. Ich habe einige Bekannte vom letzten Jahr wiedergetroffen. Meike, Chiara und Chrissi waren da, wobei Chrissi ziemlich schnell mit so einem Pascal verschwunden war. Meike fragte mich, ob ich auch einen festen Freund habe, und ich betete, dass Kim jetzt die Klappe hielt und nichts von unserem Plan erzählte. Aber auf Kim ist immer Verlass. Sie zuckte nicht mal mit einer Wimper, als ich nur verneinend den Kopf schüttelte und schnell das Thema wechselte.

Stefan habe ich später auch noch mal gesehen. Er hat mir und Kim von seinem Tauchurlaub in Ägypten erzählt. Er hat die Reise von seinen Eltern zum 18. Geburtstag geschenkt bekommen.

Ich hing an seinen Lippen, als er uns seine erste Begegnung mit einem echten Hai schilderte, und auch wenn Kim später meinte, er sei ein fürchterlicher Angeber, finde ich, dass er einfach toll ist.

»Wenn ich jemals in meinem Leben beim Tauchen einem Hai begegne, werde ich jedenfalls auch damit angeben«, erklärte ich Kim. Aber im Grunde war es mir egal, was sie sagte. Stefan hatte mir zugeblinzelt. Nur mir. Das war alles, was zählte.

»Karo? Bist du noch dran?« Mama brüllt mir wieder ins Ohr. »Sag mal, hast du mir eben überhaupt zugehört?«

»Äh, ja Mama, natürlich. Das Wetter ist toll und der Kurs auch und du hast bestimmt schon zwei Kilo zugenommen, weil das Essen so gut ist«, wiederhole ich schnell das wenige, das ich mir nebenbei merken konnte. Bitte, lass mich noch ein bisschen schlafen, hoffe ich stumm.

»Wie sie ist, habe ich dich gefragt.«

»Sie?« Ich bin einfach noch nicht richtig wach.

»Anna, diese Neue. Wie ist sie denn?«

»Ach so, Anna.« Ich gähne. Warum fragen mich alle, wie Anna ist?

Können sie mich nicht endlich mal mit diesem Thema in Ruhe lassen? Schlimm genug, dass ich jetzt mit ihr unter einem Dach wohne. Da will ich nicht auch noch dauernd über sie sprechen müssen. Und schon gar nicht mit meiner Mutter.

»Ganz okay«, sage ich deshalb schnell.

»Ganz okay?«, schreit meine Mutter in den Hörer. »Was heißt ganz okay? Wie sieht sie aus? Und wie alt ist sie überhaupt?«

»Mama, bitte, ich schlafe noch«, stöhne ich. »Kannst du nicht später anrufen?« Und mir die Möglichkeit geben, mein Handy vorher auf lautlos zu stellen, denke ich.

»Später machen wir mit dem Kurs eine erste Inselrundfahrt, da kann ich nicht mehr telefonieren. Aber meinetwegen, ich melde mich dann heute Abend wieder. Denk aber dran, dein Handy anzulassen, ja?«

Eiskalt erwischt. Zum Glück kann Mama auf Mallorca nicht sehen, wie ich gerade rot werde.

»Ja klar. Schönen Tag. Und viel Spaß mit den ollen Notaren.« Ich lege schnell auf.

Mist. Jetzt bin ich wach. Aber vielleicht kann ich ja trotzdem noch schnell ein bisschen von Stefan träumen. Ich schließe meine Augen und versuche, sein Gesicht auf meinen inneren Bildschirm zu projizieren. So ganz will mir das nicht gelingen. Stattdessen sehe ich immer seine muskulösen braun gebrannten Arme mit den golden schimmernden Härchen vor mir. Langsam schiebe ich meine Hand unter die Bettdecke, und während sie über meinen Bauch vorsichtig tiefer wandert, stelle ich mir vor, wie es sein wird, in Stefans Armen zu liegen.

Es klopft. Die Hand unter meiner Bettdecke hält inne und die starken Arme in meinem Kopf verwackeln zu wabernden Luftblasen. Ich öffne die Augen und starre an meine Zimmerdecke. Wieso klopft es? Und wer klopft da? Ich habe Ferien!

»Karo, aufstehen, Frühstück ist fertig!« Papa. Genervt schließe ich die Augen wieder und atme tief durch. Sonntagsfrühstück, Karo! Schon vergessen? Eine kleine fiese Stimme meldet sich in meinem Hinterkopf zu Wort. Und ja, das hatte ich tatsächlich vergessen. Papa legt Wert auf ein gemeinsames Sonntagsfrühstück. Punkt neun Uhr steht es auf dem Tisch. Das war schon so, als Papa noch bei uns wohnte. Wenn ich die ganze Woche im Büro verbringe, will ich euch wenigstens am Sonntag sehen, hat er immer gesagt und Mama und mich aus den Federn gescheucht. Die Erinnerung daran macht mich ein bisschen traurig. Auch wenn ich eine Langschläferin bin, fand ich das gemeinsame Frühstück am Sonntagmorgen immer toll. Seit Papa ausgezogen ist, gibt es das nicht mehr.

Mama kommt genauso schlecht aus dem Bett wie ich, und so bleiben wir am Sonntag beide liegen, bis uns der Hunger in die Küche treibt.

Ich starre auf meinen Teller mit dem Rührei, dann schiebe ich ihn von mir.

»Ist etwas nicht in Ordnung?« Anna klingt besorgt.

In Ordnung? Nichts ist in Ordnung. Gar nichts.

»Ich esse keine toten Tiere«, sage ich.

»Oh.« Anna sieht ehrlich bestürzt aus. »Das habe ich nicht gewusst.«

Nein. Natürlich nicht. Ich weiß selbst, dass ich ihr unrecht tue. Anna konnte das nicht wissen. Aber Papa. Papa weiß das.

»Jetzt stell dich nicht so an, Karo. Du kannst den Speck doch einfach liegen lassen.«

Papa nimmt sich demonstrativ eine extragroße Portion.

»Warum hast du Anna nicht gesagt, dass ich kein Fleisch esse?«

»Herrgott, Karo, ich hab's vergessen!«

Vergessen. Was hat Papa noch alles vergessen?

»Ich kann dir schnell neues Rührei machen. Ohne Speck.« Anna springt auf und öffnet den Kühlschrank.

»Nein danke.«

Ich gieße mir ein Glas Orangensaft ein. »Ich habe sowieso keinen Hunger.« Der Appetit ist mir gerade gründlich vergangen.

Papa wirft mir einen wütenden Blick zu. Wenn er jetzt noch etwas sagt, platze ich. Aber zum Glück bleibt es bei dem Blick. Eine Weile redet keiner von uns. Papa bearbeitet sein Brötchen mit Butter, während Anna lustlos in ihrem Rührei herumstochert, ohne sich auch nur ein Fitzelchen in den Mund zu stecken. Ein wirklich gemütliches Sonntagsfrühstück. Dummerweise kommen damit ebenfalls wieder Erinnerungen in mir hoch. Erinnerungen an die letzten Mahlzeiten bei uns zu Hause, bevor Papa endgültig ausgezogen ist. Da hing auch immer dieses unheilverkündende Schweigen in der Luft. Manchmal habe ich versucht, die Stille zu durchbrechen. Dann habe ich einfach drauflosgeplappert, habe von der Schule, von meinen Freundinnen erzählt. Ich habe wie ein Wasserfall geredet, weil ich diese Stille nicht ertragen konnte.

Nach einer Weile habe ich allerdings gemerkt, dass meine Eltern mir sowieso nicht zuhörten. Die waren viel zu sehr mit sich selbst beschäftigt. Sie saßen schweigend am Tisch, standen schweigend auf, gingen schweigend auseinander, begegneten sich schweigend im Flur, und einmal sah ich, wie sie in unserem recht engen Flur versuchten, schweigend aneinander vorbeizukommen, ohne sich zu berühren. Da begriff ich, dass es vorbei war.

Und jetzt sitze ich hier in Hamburg am Tisch und wieder diese Stille. Aber ich denke nicht daran, den Alleinunterhalter zu geben. Diesmal nicht. »Ich geh dann mal.«

»Vergiss nicht, dass Alexander um elf Uhr kommt.«

Ah, mein Vater hat seine Sprache wiedergefunden. Ohne ein weiteres Wort verlasse ich die Küche.

Punkt elf Uhr klingelt es an der Wohnungstür. Ich verdrehe die Augen. Alexander Behrens. Der Stiefsohn irgendeines Kollegen. Nicht nur, dass mein Vater mir tatsächlich in den Sommerferien einen Nachhilfelehrer aufs Auge drückt, er bestellt ihn auch noch an einem Sonntag zu uns.

Dann könnt ihr schon mal einen Schlachtplan entwerfen.

Eigentlich hatte ich vor, heute auszuschlafen, dann mit Kim zu telefonieren und einen ganz anderen Schlachtplan zu entwerfen. Und jetzt habe ich diesen Alexander an der Backe. Ich beschließe, den Knaben so schnell wie möglich wieder loszuwerden, und öffne die Wohnungstür.

»Ach du Sch…« Den Rest schlucke ich gerade noch rechtzeitig herunter.

Vor mir steht Harry Potter. Ernsthaft. Also genau genommen steht vor mir ein Typ, der exakt so aussieht wie der Schauspieler Daniel Radcliff in *Harry Potter.*

»Hallo, du bist bestimmt Karolin. Ich komme wegen der Nachhilfe.«

»Ach. Ich dachte, du kommst wegen der schrumpfhörnigen Schnarchkackler.« Ich mache Harry Potter Platz und lasse ihn in die Wohnung.

»Harry Potter, Band sieben. Ich komme aber eigentlich wegen deines Lateinbuchs. Du kannst übrigens Alex zu mir sagen.«

»Alles klar, Harry – äh – Alex.« Ich starre ihm auf die Stirn. Keine blitzförmige Narbe. Nicht mal ein Kratzer.

»Und jetzt?«, fragt Alex. »Gehen wir zu mir oder zu dir?«

Meine Güte. Hat der Typ heute Morgen schon irgendwelche Kicherbohnen zu sich genommen? Der sieht nicht nur aus wie eine Schlaftablette, der ist auch eine. Ich nicke mit dem Kopf in Richtung meines Zimmers.

Während sich Alex hinter mir in den Raum schiebt, fällt mein Blick auf das Aufklärungsbuch *200 Wahrheiten über dich und die Liebe.*

Eigentlich hatte ich es mir damit auf dem Bett so richtig gemütlich machen wollen. Schnell werfe ich im Vorbeigehen ein Sweatshirt darüber und bugsiere Alex zu meinem Schreibtisch.

Dabei stelle ich fest, dass er ein ganzes Stück größer ist als ich. Wie alt er wohl ist?, schießt es mir durch den Kopf. Ich durchforste mein Gedächtnis, kann mich aber nicht erinnern, dass mein Vater dazu irgendetwas gesagt hat.

»Ist das dein Lateinbuch?« Alex greift nach dem einzigen Buch, das auf dem Schreibtisch liegt.

»Tja, wenn es keine Rezepte für Zaubertränke enthält, wird das wohl mein Lateinbuch sein«, entgegne ich.

Alex ignoriert meinen Kommentar und ist schon eifrig am Blättern.

»Ablativus absolutus, Genitivus objectivus, Konjunktiv als Irrealis, Potentialis, Deliberativ, Prohibitiv. Habt ihr das alles schon gemacht?« Fragend sieht er mich an.

Magische Geschöpfe hatten wir noch nicht, liegt mir als Antwort auf der Zunge, aber ich schlucke sie hinunter. Es ist mir ein bisschen peinlich zuzugeben, dass ich keine Ahnung habe, wovon der Knabe da redet.

»Du hast keine Ahnung wovon ich rede, richtig?«

Erstaunt stelle ich fest, dass Alex eine einzelne Augenbraue hochziehen kann. Wie Mr Spock. Faszinierend.

»Bei welcher Lektion wart ihr zuletzt?«

Wenigstens diese Frage ist leicht. »Wir sind mit dem Buch durch. Nach den Ferien wollen wir mit Caesar anfangen.«

»Lektüre? Dafür fehlen dir aber offensichtlich so ziemlich alle Voraussetzungen.« Alex hält mir mein Lateinbuch unter die Nase. Ach. Was dachte der denn, wofür ihn mein Vater engagiert hat?

»Wollen wir uns nicht irgendwo setzen?« Unschlüssig sieht er sich in meinem Zimmer um.

»Äh, ja klar.« Ich lasse mich aufs Bett sinken und schaue meinen Nachhilfelehrer gespannt an.

»Du willst hier auf dem Bett Latein lernen?« Begeistert stelle ich fest, dass auch Alex verlegen werden kann.

Nein, ich will nicht auf dem Bett Latein lernen. Eigentlich will ich was ganz anderes lernen, zwar auf dem Bett, aber nicht mit Harry Potter. Schnell stehe ich wieder auf.

»Wie wäre es mit dem Küchentisch? Wir sind sowieso allein in der Wohnung.«

»Küchentisch ist eine sehr gute Idee.« Mein Nachhilfelehrer schafft es nicht, seine Erleichterung zu verbergen.

»Okay, dann auf dem Küchentisch.« Ich springe auf, greife mir einen Block, ein paar Stifte und mein Lateinbuch und kann mir ein Grinsen nicht verkneifen, als ich sehe, dass Alex tatsächlich rot geworden ist.

»Ich schlage vor, wir fangen wirklich bei null an und wiederholen die komplette Grammatik.« Alex hat sich wieder gefasst und greift nach einem Zettel und einem Stift.

Ich nicke zustimmend und schiele dabei auf die Küchenuhr. Hoffentlich ruft Kim bald an und erlöst mich.

»Ist das hier wichtig?«

»Sehr wichtig!« Ich entreiße Alex den Zettel, auf den ich die Chatadresse gekritzelt habe, die Kim mir gegeben hatte. Dort hat sie diesen Dragonheart kennengelernt, virtuell, obwohl er angeblich auch in Hamburg lebt, haben sie sich noch nicht getroffen. Was vielleicht ganz gut ist, wer weiß, was das für ein Kerl ist.

»Hallo?«

Ich schrecke hoch, weil Alex mir mit seinem Kugelschreiber vor der Nase herumfuchtelt.

»Hast du mir überhaupt zugehört?« Wieder diese hochgezogene Augenbraue.

Wie macht er das nur? Ich will das auch können. Ich runzele die Stirn, verdrehe die Augen und bemühe mich sehr, mich nur auf die rechte Gesichtshälfte und hier ausschließlich auf den Gesichtsmuskel über der rechten Augenbraue zu konzentrieren. Aber irgendwie fühlt es sich nicht richtig an.

Noch mal von vorn. Auf die rechte Augenbraue konzentrieren …

»Alles in Ordnung mit dir?« Besorgt schaut Alex mich an. Sofort geht meine Konzentration flöten und genervt schließe ich die Augen.

»Ja, alles in Ordnung. Warum?«

»Na ja, ich habe dich eigentlich nur nach dem Genitiv singular von dominus gefragt, aber du verdrehst die Augen, als hätte ich dich gebeten, Horaz zu übersetzen.«

»Genitiv?« Ich greife nach dem Kugelschreiber und betrachte ihn nachdenklich. »Singular, ja? Du sagtest Singular, oder?« Ich muss irgendwie Zeit gewinnen, damit ich in Ruhe herausfinden kann, was Alex von mir will. Er muss ja nicht gleich merken, dass ich ihm überhaupt nicht zugehört habe.

»Ich glaube, du hast mir eben überhaupt nicht zugehört«, fällt Alex sein vernichtendes Urteil. »So hat das keinen Sinn.« Energisch schiebt er die Blätter auf dem Küchentisch zusammen. »Ich hätte das Geld gut gebrauchen können, aber jemandem Nachhilfe zu geben, der nicht zuhört, halte ich für ziemliche Zeitverschwendung. Richte das bitte deinem Vater aus. Schönen Tag noch.«

Mit offenem Mund starre ich Alex an. Spinnt der? Und überhaupt, wie redet der mit mir? Das muss ich mir nicht gefallen lassen. Soll er doch abhauen. Als Alex aufsteht, erhebe ich mich ebenfalls. Dumm nur, dass ich nicht weiß, was ich jetzt meinem Vater sagen soll, wenn er mich nach der Nachhilfe fragt. Und noch dümmer, dass mein Vater dann meinen Tauchkurs bei Stefan streichen wird. Stefan. Nein, das geht gar nicht.

»Alex, warte!« Beherzt greife ich nach seinem Arm. »Es tut mir leid.« Wenn ich nur halb so zerknirscht aussehe, wie ich mich fühle, wird er weich werden.

Eine Stunde später falle ich auf mein Bett.

Ich gehe jede Wette ein, dass ich heute Nacht von sämtlichen Deklinationen des Römischen Reiches träumen werde. So habe ich mir meine Sommerferien definitiv nicht vorgestellt. Wenn wenigstens Kim Zeit hätte.

Aber sonntags hat Kim nie Zeit. Da muss sie aushelfen im Restaurant ihrer Eltern. Die haben ein vietnamesisches Lokal direkt an der Alster, eine Superlage also, und sonntags ist dort die Hölle los.

Nur, was mache ich jetzt mit meinem angefangenen Tag? Papa ist mit Anna unterwegs und wird erst gegen Abend zurück sein und die Strandgruppe von gestern schläft heute vermutlich ihren Rausch aus.

Ich müsste mir einen Badeanzug kaufen – dringend – schließlich fängt am Dienstag schon Stefans Tauchkurs an, aber auch das fällt heute natürlich aus. Stefan. Wie es wohl sein wird, mit ihm schwerelos unter Wasser zu schweben? Durch meine halb geschlossenen Lider sehe ich uns vor mir. Arm in Arm lassen wir uns unter Wasser treiben. Meine langen blonden Haare schwimmen um meinen Kopf wie ein Strahlenkranz. *Zosch!* Lange blonde Haare? Wo kommen denn die langen blonden Haare her? Was wollte mein Unterbewusstsein mir mit diesem Traum sagen? Dass Stefan auf Blond steht? Das wäre eine Katastrophe! Schließlich habe ich rote Haare. Ich brauche eine Traumdeutung. Dringend! Und ich weiß auch schon, wer die beste Traumdeuterin weit und breit ist. Entschlossen greife ich zum Handy und wähle Kims Nummer. Bitte, bitte, geh ran. Vor lauter Nervosität halte ich es auf meinem Bett nicht mehr aus und laufe mit dem Telefon am Ohr in meinem Zimmer auf und ab.

Es klingelt. Einmal. Zweimal. Dreimal. Nimm ab, Kim. Bitte nimm endlich ab. Es klackt.

»Hallo, Kim, du musst mir nur ganz schnell was sagen. Was bedeutet es, wenn Stefan in meinem Traum eine blonde Frau im Arm hält? Kim?« Ich höre irgendein Zischen. Und jetzt das Klappern von Töpfen. »Kim? Bist du dran?«

Jemand kichert in mein Ohr. Verflucht. Wer ist das? Wo zur Hölle steckt Kim? Ich werfe einen kurzen Blick auf mein Display. Verwählt habe ich mich nicht, das ist Kims Nummer.

»Hallo? Wer ist denn da bitte? Kim? Bist du das?«

Es kichert wieder, und nein, das Kichern gehört ganz eindeutig nicht Kim. Dann brüllt jemand in mein Ohr in einer Sprache, die ich nicht verstehe.

»Hallo?«, probiere ich es noch einmal. »Hallo, können Sie bitte Kim ans Handy rufen? Sagen Sie ihr, es ist ein Notfall! Hier ist Karo, ihre Freundin!«

Töpfeklappern, Stimmengewirr. Stille. Stille? Die Person am anderen Ende hat aufgelegt. Auch das noch. Dieser Sonntag ist ganz eindeutig nicht mein Tag. Ich greife zu den *200 Wahrheiten über dich und die Liebe.* Vielleicht hilft ja ein bisschen Ablenkung. Außerdem läuft mir langsam die Zeit davon. Wenn da mit Stefan noch in diesen Sommerferien etwas laufen soll, muss ich mich echt ranhalten. *Sex, Sexpraktiken, Sexspielzeug.* Irgendwie erscheint mir das alles noch eine Nummer zu groß. Erst mal muss ich den Kerl doch überhaupt auf mich aufmerksam machen. Ich lese ein bisschen was über Stellungen, als mein Blick auf die Seite gegenüber fällt. *Striptease. Mit Musik unterlegter erotischer Tanz, bei dem nach und nach sämtliche Hüllen fallen.* Bingo! Das ist es. *Ziel der Aktion ist es, den Zuschauer sexuell zu erregen.* Na bitte. Das ist doch genau das, was ich jetzt brauche. Ich werde für Stefan einen Striptease tanzen, dass ihm Hören und Sehen vergeht. Dann kann er gar nicht mehr anders, als mit mir ins Bett zu wollen. Ich werde die erotischste, heißeste Braut sein, die sich je vor ihm ausgezogen hat. Die sich je vor ihm ausziehen wird. Denn dass das eine andere schon mal gemacht haben könnte, fällt im Moment ganz eindeutig in die Kategorie NAZ: nichtakzeptabler Zustand.

Ich krame meinen iPod aus der Schublade. Hm … welche Musik passt zu einem heißen Strip? *Lady Gaga?* Nicht schlecht. Aber irgendwie auch nicht das Richtige. *Madonna?* Auch wenn ich die für ihr Alter echt heiß finde, ist sie eben doch – alt. Überhaupt scheint es mir unverfänglicher, wenn ich mich bei einem Striptease von einem männlichen Sänger begleiten lasse. Schließlich soll Stefan sich auf mich konzentrieren und nicht auf die Stimme irgendeiner Lady. Hier! *Justin Timberlake. The way I are.* Das ist es! Das hat genau den richtigen Beat und der Text passt auch. *Baby if you strip you can get a tip!* Na bitte, wer sagt's denn. Ich stöpsel mir den Song auf die Ohren und stelle mich vor dem Spiegel in Positur. Zwo, drei, los geht's. Gut, dass ich wieder mein Hemd von gestern trage, das kann ich schön langsam von oben nach unten aufknöpfen. Ich schwinge ein wenig mit den Hüften und summe den Text mit. *'Cause I like you just the way you are …* Lässig streife ich mir das Hemd über die rechte Schulter nach unten und versuche dabei, mit den Beinen halbwegs erotische Bewegungen zu machen. Verdammt, jetzt bin ich aus dem Takt gekommen. In welcher Reihenfolge strippt man eigentlich? Zieht man zuerst die Bluse aus oder entledigt man sich als Erstes der Jeans? Ich tanze im Takt weiter und befreie meine Arme dabei halbwegs lässig aus der Bluse. Blöd, dass ich im Spiegel nur die obere Hälfte von mir sehen kann. Ich lege meinen Kopf in den Nacken und schüttele meine Locken. Ob das gut aussieht, kann ich aus dieser Position heraus leider auch nicht erkennen, deshalb versuche ich von schräg unten auf den Spiegel zu schielen, während ich mich an dem Knopf meiner Jeans zu schaffen mache. Jetzt kommt doch erst die Jeans, oder? Nachdenklich betrachte ich meinen BH, entscheide mich dann aber doch für die Jeans. Justin gibt mir weiter den nötigen Drive. Ich schließe die Augen und stelle mir vor, wie Stefan mich mit seinen Blicken vernascht. Verdammt, warum geht der Knopf denn so schwer auf? Wenig erotisch zerre ich an meiner Hose herum, ohne dabei mit dem Hinternwackeln aufzuhören. The show must go on! Auch wenn mal der Knopf klemmt. Endlich. Triumphierend lege ich einen kurzen Hüftschwung ein, fange an, meine Jeans runterzuschieben und lache mein Spiegelbild an. Mein Spiegelbild und mein Vater lachen zurück. Mein VATER???!!! Scheiße! Scheiße! Scheiße! Ich reiße die Decke vom Bett und werfe sie über mich, als sei ich in Brand geraten. Genau genommen bin ich das ja auch, zumindest sehe ich so aus. Nie hätte ich gedacht, dass Haut ganz ohne direkte Sonneneinwirkung so rot werden kann.

»Kannst du nicht anklopfen?!«

Mein Vater macht den Mund auf und zu. Justin singt *I ain't got no money, I ain't got no car to take you on a date …* Ich starre meinen Vater an, der immer noch wie ein Fisch auf dem Trockenen nach Luft schnappt. Dann zeigt er auf meinen BH. Ich gucke nach unten. Mist! Zwischen meinen Brüsten baumelt mein iPod. Ich zerre mir die Stöpsel aus den Ohren. Justin verstummt schlagartig, und ich kann endlich hören, was mein Vater die ganze Zeit zu sagen versucht.

»Ich – ähm«, er macht einen Schritt rückwärts, »ich wollte dich nicht stören. Ich wollte nur sagen, dass wir wieder da sind.«

Ich atme einmal, zweimal, dreimal. »Okay.« Meine Stimme gehorcht mir noch nicht ganz. »Könntest du dann bitte jetzt rausgehen? Ich wollte gerade …« Mein Handy klingelt. »Telefonieren!«, schreie ich und schiebe mit der einen Hand meinen Vater aus dem Zimmer, während ich mit der anderen nach meinem Telefon hangele. Blöderweise habe ich jetzt keine Hand mehr frei für die Bettdecke.

»Für den Anfang war das gar nicht so schlecht«, beruhige ich mein Spiegelbild, das mir im BH und mit offener, halb runtergelassener Jeans entgegenstarrt.

»Was war gar nicht so schlecht?«, tönt es aus meinem Handy.

»Kim? Endlich.« Ich würde die Diskussion mit meinem Spiegelbild auf später verschieben. »Kim, hör zu, du musst mir helfen. Ich habe vorhin schon versucht, dich zu erreichen. Keine Ahnung, wen ich da an der Strippe hatte.« Ich zerre an meiner Jeans. »Was? Nein, ich habe mir nicht die Haare blondiert. Wie kommst du darauf? Deine Oma? Was haben meine Haare mit deiner Oma zu tun?«

Siebtes Kapitel

BUTTERBLUMEN UND ANDERES GEMÜSE

Gemeinsame Mahlzeiten mit Papa und Anna kommen nach dem Zwischenfall im meinem Zimmer erst mal nicht mehr für mich infrage. Deshalb habe ich mich in die Küche geschlichen und einen Notvorrat an Essbarem organisiert.

Ich stopfe mir eine Handvoll Gummibärchen in den Mund und registriere mich in dem Chat, in dem Kim Dragonheart kennengelernt hat. Erst mal umschauen, wer sich hier sonst noch so herumtreibt. Zugegeben, Nixe ist kein besonders origineller Nickname, aber immer noch besser als sweety15, derRächer, darkangel, Loverboy16, engelchen oder bienchen.

Kim und ihr Dragonheart sind nicht online. Dann wollen wir mal.

Chat: *Nixe betritt den Raum*
derRächer: Eine Nixe! Geil!

Das fängt ja gut an. Ist der gerade auf Nixenjagd oder was soll das?

derRächer: Hi, Nixe! Hast du auch einen Fischschwanz?

Nixe: Hallo, derRächer! Klar! Und selbst?
engelchen: LOL
Loverboy16: Ich habe jedenfalls keinen Fischschwanz, Nixe.
Sweety15: Loverboy16, hast du überhaupt einen?

Hilfe. Was ist hier denn los? Findet Kim es wirklich spannend, mit Rächern und Loverboys über Fischschwänze zu reden?

derRächer: Hey, Nixe, bist du abgesoffen? **brüll-lach**
engelchen: Nixen können doch nicht ertrinken.

Gut erkannt. Wenigstens engelchen scheint halbwegs helle zu sein.

engelchen: (flüstert) Pssst, Nixe. Bist du neu hier? Bist du w oder m?
Nixe: engelchen. Wieso flüsterst du? Und ja, ich bin neu. Warte auf eine Freundin.
Loverboy16: Hey, hier wird nicht geflüstert! Harrharr!
engelchen: (flüstert) Pssst, Nixe. Wenn du vor meinen Namen ein /whisper schreibst, dann kannst du auch flüstern. Dann können die anderen nicht lesen, was wir uns schreiben. Sag mal, bist du w?
Nixe: (flüstert) Pssst, engelchen. Ach so geht das hier.
Danke. Ja, ich bin w. Ist das wichtig?
engelchen: (flüstert) Pssst, Nixe. Nö. Aber Finger weg von Loverboy16. Der gehört mir. **fg**

Nixe: (flüstert) Pssst, Engelchen. Alles klar. Keine Sorge.
derRächer: **geht mal mit der Flüsterkasse rum**

Also irgendwie ist mir das zu mühselig. Und die Auswahl ist ja auch nicht eben riesig. Ein Loverboy, der einem engelchen gehört, und ein Rächer mit Fischschwanz.

Meine Gedanken wandern zu Stefan. Was der wohl gerade macht? Und mit wem? Stopp! Mit wem will ich lieber gar nicht wissen. Ob er heute auch einmal an mich gedacht hat? Vermutlich nicht. Und statt ihm dabei auf die Sprünge zu helfen, hänge ich hier in einem Chat herum mit lauter Kleinkindern. Ich fasse es nicht!

Chat: *butterblume betritt den Raum.*

Butterblume. Das wird ja immer besser. Hoffentlich spricht mich das Gemüse nicht an.

butterblume: Hallo, Nixe, da bin ich! **knuddel**
Nixe: Hallo, butterblume. Kennen wir uns? **verwirrt guck**
butterblume: (flüstert) Pssst, Nixe. Ich bin's doch! Kim!! Ich hab dich sofort erkannt, eine Nixe war nämlich noch nie hier.
Nixe: (flüstert) Pssst, butterblume. Kim?? Ich schmeiß mich weg. Wie bist du denn auf diesen bescheuerten Namen gekommen?
butterblume: (flüstert) Pssst, Nixe. Ich finde ihn hübsch. **schmoll**
engelchen: Flüstert ihr heute alle hier, oder was?

Loverboy16: **Flüstert nur mit seinem Engel**
darkangel: Mit mir? **flöt**
engelchen: darkangel, träum weiter! **grmpf**

So was Albernes habe ich ja selten gelesen. Ich weiß echt nicht, was Kim an dieser Chatterei findet. Das Geflüster ist mir definitiv zu anstrengend, und außer Kim ist ja auch niemand im Chat, für den sich der Stress auch nur ansatzweise lohnen würde.

Chat: *dragonheart betritt den Raum.*

Und jetzt dürfte auch Kim vermutlich nicht mehr ansprechbar sein.

butterblume: dragooooooooooooooooooo! *hinrenn und umschmeiß und niederknutsch*
dragonheart: blumeeeeeeeeeeeee! *abküss ganz viel*

Okay, das war's wohl. Eigentlich wollte ich Kim gerade anrufen, aber ich lege das Handy wieder hin. Kim wird jetzt kaum in der Lage sein, mit mir zu telefonieren. Wie dieser Dragonheart wohl aussieht?

butterblume: (flüstert) Pssst, Nixe. Ist er nicht total süß?
Nixe: (flüstert) Pssst, butterblume. Doch. Total.

Ich muss hier raus. Dringend.

butterblume: (flüstert) Pssst, Nixe. Nicht böse sein, aber wir verschwinden mal eben im Sep. Du weißt schon ... **ggg**
Nixe: (flüstert) Pssst, butterblume. Was weiß ich? Und wer oder was ist Sep?
butterblume: (flüstert) Pssst, Nixe. Ein Separee. Das ist doch das Geile. Du kannst hier nur zu zweit in ein Separee gehen. Dort kann keiner mitlesen.
derRächer: Irgendjemand Lust auf cs?
sweety15: Endlich fragt mal einer. **sabber**
Chat: *butterblume und dragonheart befinden sich im Separee.*

Alles klar. Da war ja die Nachhilfestunde mit Alex spannender. Wie konnte Kim sich nur in einen Jungen verlieben, den sie noch nie gesehen hat? Von dem sie nichts kennt außer diesen reichlich bescheuerten Namen? Das will mir einfach nicht in den Kopf. Was die jetzt wohl treiben in diesem Sep-Dingens? Also ich würde mir an Kims Stelle ja wenigstens mal ein Foto schicken lassen. Vielleicht ist dieser Dragonheart klein und dick und hat Pickel. Man kann doch nicht vom Namen auf das Aussehen schließen.

Chat: *Damian17 betritt den Raum.*

Damian. Schöner Name. Klingt so nach Vampir. Oder Werwolf. Oder nach einem gefallenen Engel. Gott, jetzt fange ich auch schon so an. Es wird Zeit, dass ich mich wieder der wirklichen Welt und den wirklichen Männern zuwende. Stefan. Stefan. Stefan.

Damian17: Hallo allerseits. Hallo, Nixe.
sweety15: Hallo, Damian17. Toller Nick!
Nixe: Hallo, Damian. Sollte ich dich kennen?
Damian17: sweety15 danke! Nixe noch nicht, aber das können wir ja ändern.
Nixe: Damian17, danke, kein Bedarf. Wollte eh gerade gehen. Cu.
Damian17: Schade. Na dann vielleicht ein anderes Mal. Schönen Sonntag noch.
Nixe: Danke. Kann nur besser werden.
Damian17: So schlimm?
Nixe: Schlimmer.
Damian17: Oje. Weißt du was: Nimm ein Bad. Das hilft.
Nixe: Gute Idee. Das hatte ich sowieso vor.
Damian17: **fliegt zur Nixe und schmückt ihr Badezimmer mit 100 brennenden Kerzen ... **
Nixe: Oh. Schön! Danke!

Der Typ ist ja total romantisch. Schade, dass er nicht Stefan heißt.

Damian17: Bitte. Kann ich sonst noch etwas für dich tun, um deinen Sonntag zu retten?
Nixe: Warum willst du meinen Sonntag retten?

Damian17: Na einer muss es doch tun. **smile**

Nixe: Ich fürchte, da ist nichts zu retten.

Habe ich gerade geseufzt? Hallo? Geht's noch? Irgend so ein Typ faselt was von Kerzen und ich seufze? Ich sollte lieber kalt duschen gehen, anstatt mich in die Badewanne zu legen. Schnell logge ich mich aus und rufe stattdessen die Homepage der *Green Fighters* auf. Ich kann mich einfach nicht sattsehen an Stefans Foto. Wie er wohl im Tauchkurs sein wird? Ich bin total gespannt darauf. Eigentlich wollte ich Kim ja fragen, wie viele Leute daran teilnehmen. Vor lauter Drachenherzen und Engeln und so habe ich das jetzt komplett vergessen. Damian. Der Name ist echt schön. Ich mache eine Notiz in meinem Kopf hinten links: Unbedingt Kim fragen, was sie über diesen Damian17 weiß.

Das warme Bad hat mir gutgetan. Ich kann es noch gar nicht fassen, dass ich echt eine halbe Stunde vollkommen ungestört in der Wanne liegen durfte. Wenn ich jetzt noch ein wenig auf meinem Bett Musik hören und von Stefan träumen kann, ist die Welt wieder in Ordnung. Ich greife nach dem iPod, als mein Blick auf die kleine blinkende LED-Leuchte meines Handys fällt. Blinken bedeutet entweder eine SMS oder ein Anruf in Abwesenheit. Mist. Drei Anrufe in Abwesenheit. Ich öffne das Protokoll. Anruf Nummer eins kam von meiner Mutter. Gut, dass ich das nicht gehört habe. Sie hätte mich nur wieder nach Anna ausgefragt und ich will nicht über Anna mit ihr sprechen. Ich weiß sowieso nicht, was ich zu diesem Thema sagen soll.

Anruf Nummer zwei war von Kim. Sie hat eine Nachricht auf meiner Mailbox hinterlassen: »Hallo, Süße, na, bist du im Chat versumpft? Ich muss leider zurück ins Restaurant, heute ist hier die Hölle los. Wollte dir nur sagen, dass ich dich morgen früh so gegen 10:00 Uhr abhole. Zum Shoppen. Bis dann.«

Alles klar. Dann werde ich wohl zusammen mit Kim das Problem Badeanzug angehen. Jetzt aber erst mal gucken, von wem der dritte Anruf war. Hm. Die Nummer kenne ich nicht. Und eine Nachricht hat der Anrufer auch nicht hinterlassen. Ob ich zurückrufen soll? Vermutlich war es nur irgend so ein Werbefuzzy. Und wenn es keine Werbung war, sondern irgendetwas Wichtiges? Ich nehme mein Handy und drücke die Anruftaste. Gespannt lausche ich dem Tuten. Einmal, zweimal, dreimal, viermal. Klack. *Hier ist die Mailbox von Stefan Reuter. Bitte hinterlassen Sie eine Nachricht.* Fast wäre mir vor Schreck das Telefon aus der Hand gefallen. Stefan. Stefan hat versucht, mich anzurufen? Woher hat er meine Nummer? Was wollte er? Und wieso hat er sein Handy jetzt abgeschaltet? Verdammt. Verdammt. Verdammt.

Ich drücke die Wahlwiederholung. Warte. *Hier ist die Mailbox von Stefan Reuter.* Shit! Was mache ich jetzt? Festnetz! Habe ich irgendwo Stefans Festnetznummer? Ich fahre mein Notebook hoch und öffne die Seite der *Green Fighters.* Boah … das dauert. Da, endlich, Stefans Foto und seine Kontaktdaten. Mailadresse, Handynummer und – Bingo! – Festnetznummer. Hektisch tippe ich die Nummer ab. Bitte, bitte, bitte geh ran!

»Hallo?« Eindeutig eine weibliche Stimme.

»Äh, hallo, hier spricht Karolin Schreiber. Ich wollte Stefan sprechen, ist er da?«

»Stefan? Nee, der ist unterwegs. Soll ich was ausrichten?«

Mist.

»Äh, nein danke. Stefan hatte mich angerufen, ich wollte nur fragen, um was es ging.«

Kaugummikauen am anderen Ende. »Tja du, keine Ahnung. Jetzt ist er jedenfalls weg. Ist ins Kino, soweit ich weiß.«

Ins Kino? Und vorher hatte er versucht, mich zu erreichen. Dreifacher Mist.

»Weißt du zufällig, in welches Kino? Oder in welchen Film?« Es gibt bestimmt 50 Kinos in Hamburg, wenn nicht noch mehr.

»Nee, keine Ahnung. Sorry.« Wieder Kaugummikauen. Und Schmatzen.

»Okay. Danke jedenfalls.« Ich lege auf.

Ich fasse zusammen: Meine Mutter interessiert sich für nichts anderes außer die neue Freundin meines Vaters. Mein Vater interessiert sich ebenfalls für nichts anderes als seine Neue. Mein Lateinnachhilfelehrer sieht nicht nur aus wie Harry Potter, sondern ist auch mindestens genauso langweilig. Ich werde weich, nur weil im Chat jemand mit virtuellen

Kerzen um sich schmeißt. Und der geilste Mann Hamburgs versucht, mich anzurufen und (vermutlich) ins Kino einzuladen, während ich in der Badewanne von ihm träume. Wie viel schlechter kann dieser Tag eigentlich noch werden?

Achtes Kapitel
BANANE MIT SAHNE

Wenn ich geglaubt hatte, schlechter als der Sonntag aufgehört hat, könnte der Montag nicht anfangen, hatte ich mich gewaltig getäuscht. Der Start in die neue Woche war die totale Katastrophe, die damit endete, dass Anna schluchzend in die Küche geflüchtet war, während ich mich heulend aufs Bett geworfen hatte.

Ich bin mit Bauchschmerzen aufgewacht. Mit *den* Bauchschmerzen. Shit. Das durfte doch nicht wahr sein. Normalerweise bekomme ich meine Periode total regelmäßig und wäre frühestens nächste Woche fällig gewesen. Das fehlte mir jetzt gerade noch. Badeanzugkauf, Tauchkurs und meine Tage. Schlechter ging es ja wohl kaum. Aber da hatte ich mich geirrt. Es ging noch schlechter. Weil ich nämlich noch so gar nicht mit meiner Periode gerechnet hatte, habe ich auch keine Binden oder Tampons dabei. Nichts. Nicht mal ein Päckchen Papiertaschentücher konnte ich in den Tiefen meines Rucksacks finden. Trotz intensiver Suche. Anna würde ja hoffentlich so etwas im Bad haben, dachte ich. Und untersuchte das Regal und dann das Schränkchen im Bad. Nichts. Anschließend durchwühlte ich wirklich jedes Körbchen und schüttete gerade den Inhalt eines Kosmetiktäschchens auf dem Boden aus, als Anna ins Bad kam. Sie starrte mich erst an, dann fing sie an zu schreien: Was ich da mache? Was mir einfiele? Ob ich hinter ihr herschnüffeln würde? Sie riss das Täschchen und alle Schachteln, die herausgefallen waren, an sich und verließ heulend das Bad. Und ließ mich ohne Tampons zurück, sodass ich mir erst mal mit einem Stück Klopapier behelfen musste.

Beim Frühstück sprachen weder Papa noch Anna ein Wort mit mir. So langsam scheinen Schweigefrühstücke hier zum Ritual zu werden.

Nach dem Frühstück kam mein Vater zu mir und hielt mir einen Vortrag über mein Benehmen. Ich sei undankbar, Anna habe mir nichts getan, was ich denn in ihren Sachen zu suchen hätte, sie würde sich solche Mühe geben. Die ganze Palette. Ich habe vorsichtshalber den Mund gehalten, was hätte ich auch sagen sollen? Dass es mir zu peinlich war, nach Tampons zu fragen?

»Ich erwarte, dass du dir ab sofort mehr Mühe gibst.« Mit diesen Worten knallte er die Tür hinter sich zu und ging in die Küche zurück, um Anna zu trösten.

Jetzt habe ich nicht nur Bauchschmerzen, sondern auch noch ein schlechtes Gewissen. Das muss man sich mal vorstellen.

Ich habe ein schlechtes Gewissen, weil ich meine Tage gekriegt habe und nicht darauf vorbereitet war. In allen Zeitschriften und Büchern zu diesem Thema steht: *Freu dich, wenn du deine Periode bekommst. Sie ist ein Zeichen dafür, dass du erwachsen wirst.*

Mir ist bis heute nicht klar, worin der Grund der Freude liegen soll, und das, obwohl ich schon ziemlich lange darüber nachdenken konnte. Ich habe meine erste Periode mit zwölf bekommen.

Ich weiß noch, dass meine Mutter ein Riesentheater darum gemacht hat. Sie küsste mich und nannte mich »meine kleine Frau« und wollte unbedingt einen *Girlsday* mit mir veranstalten. Das hatte sie in irgendeiner ihrer amerikanischen Lieblingsserien gesehen. Das Ganze endete damit, dass sie mit mir im Schlepptau in eine Drogerie pilgerte und für mich einen ganzen Korb voller Monatsbinden, Tampons und Intimpflegetücher erwarb, danach mit mir Eis essen ging (das war noch der beste Teil) und schließlich meinte, wenn wir schon dabei wären, könnten wir auch gleich einen ersten BH für mich besorgen. Einen BH! Okay, im Vergleich zu meinen Freundinnen hatte ich tatsächlich schon so etwas wie Oberweite vorzuweisen, aber einen BH wollte ich auf keinen Fall zusammen mit meiner Mutter kaufen. Bevor ich jedoch protestieren konnte, stand ich schon in einem dieser winzigen Wäscheläden, in deren Schaufenster fleischfarbene Hüfthosen mit spitzenbesetzten BHs in Größe Doppel-D um die Wette eifern, und meine Mutter schrie durch den Laden: »Kann uns bitte mal jemand helfen! Meine Tochter sucht einen ersten Büüüstenhalter!« Büstenhalter! Bitte Erdreich, tu dich auf und verschlinge mich!

Es verschlang mich nicht. Es lieferte mich einer mittelalten weiblichen Person mit Goldrandbrille an goldenem Brillenkettchen aus, die auf mich zugeschossen kam mit ausgestreckten Armen und einem Maßband in den Händen. Dieses schlang sie mir um die Brust mit den Worten: »Kindchen, diesen unförmigen Pullover müssen Sie aber erst mal ausziehen. Am besten machen Sie sich oben ganz frei!«

Ich wollte mich nicht *frei machen,* ich wollte mich bestenfalls *losmachen,* aber zum Weglaufen war es zu spät. Nur in eine Umkleidekabine (fleischfarbene Vorhänge!) konnte ich mich gerade noch flüchten, bevor ich auch schon oben ohne dastand und von der Goldrandbrillenschlange betatscht wurde. Meine Mutter stand dabei und beratschlagte sich in aller Lautstärke mit dieser Frau, ob für mich nun noch Körbchengröße A oder doch schon B angemessen wäre. Ich zog das erste Teil mit fest zusammengekniffenen Augen an, wild entschlossen, es einfach zu nehmen, nur um aus diesem Laden wieder rauszukommen. Ich hatte es gerade geschafft, die noch ungewohnten Häkchen zu schließen und das rosa Blümchenmuster zu ignorieren, als Madame Goldbrille den Vorhang zur Seite riss und kreischte: »Lassen Sie mal sehen, Kindchen. Nein, das sitzt noch nicht richtig, schauen Sie, hier quillt die Brust über.« Mit eiskalten Fingern fing sie an, meinen nicht vorhandenen Busen in diese rosa Körbchen zu stopfen. Ich war starr vor Schreck.

Am Abend eröffnete meine Mutter dann das Abendessen mit den Worten: »Unsere Tochter ist heute zur Frau geworden.« Was bei meinem Vater zu einem kurzzeitigen Atemstillstand führte. Ihre Aufforderung »Zeig Papa doch mal, was wir heute Hübsches gekauft haben!« ignorierte ich geflissentlich. So viel zum Thema: Deine Periode ist die natürlichste Sache der Welt.

Es klingelt. Kim. Mein rettender Engel. Ich ziehe sie schnell in mein Zimmer, bevor mein Vater am Ende noch auf die Idee kommt, Kim wieder wegzuschicken. Mit viel Nasehochziehen und Schimpfen erzähle ich ihr, was passiert ist.

»Dumm gelaufen!« Kim kann sich ein Grinsen nicht verkneifen und kippt den Inhalt ihres Rucksacks auf mein Bett. Sie reicht mir eine Packung Tampons. »Hier, die sollten fürs Erste reichen. Sei doch froh, dass du deine Tage jetzt gekriegt hast. Stell dir vor, du hättest sie in zwei Wochen beim Campen!«

Das Campen. Das habe ich komplett verdrängt. Kim hatte mir schon am Telefon davon erzählt, aber da waren Hamburg und Kim und Stefan noch so weit weg gewesen, dass ich nicht allzu viel über dieses Wochenende nachgedacht hatte.

»Und du bist sicher, dass Stefan auch dabei sein wird?«

»Klar. Das wird eine ganz große Sache.« Kim lässt sich auf mein Bett plumpsen. »Und eine sehr romantische«, fügt sie hinzu. »Jetzt müssen wir nur noch einen Schlachtplan entwerfen, wie wir Stefan in dein Zelt locken. Wir könnten ihn betrunken machen, aber das wäre der Sache ja eher abträglich, oder?«

Betrunken machen. Entrüstet schaue ich Kim an. Ich will doch nicht, dass Stefan nur zu mir ins Zelt kommt, weil er betrunken ist. Er soll höchstens trunken vor Liebe zu mir sein.

Kim hebt beschwichtigend die Hände. »Reg dich nicht auf. War ja nur so eine Idee. Aber da fällt uns schon was Besseres ein. Wir werden dem Knaben ein richtig kuscheliges Liebesnest bereiten, der kann gar nicht anders, als mit dir schlafen zu wollen.«

Ich schlucke. Mit mir schlafen. »Noch haben wir uns ja nicht einmal geküsst«, werfe ich vorsichtig ein.

»Ja klar, aber dafür gehen wir ja in den Tauchkurs. Da hast du alle Chancen der Welt.«

Der Tauchkurs. Jetzt kommt mir mein Dilemma wieder in den Sinn. Ich habe meine Tage und noch nicht einmal einen passablen Badeanzug. Geschweige denn die richtige Figur. Und Pickel habe ich bis morgen garantiert auch bei meinem derzeitigen Glück. Ich bekomme immer Pickel, wenn ich meine Periode habe.

»Guck mal.« Kim hält mir triumphierend lächelnd ein quadratisches Etwas vor die Nase. »Das wird dir helfen, an Stefan ranzukommen.«

»Was ist da drin?« Kritisch beäuge ich den kleinen Gegenstand.

»Nicht drin, was ist drauf, musst du fragen.« Kim schaut mich triumphierend an. »Das ist ein Würfel. Ein Liebeswürfel. Den habe ich für dich gebastelt.«

Jetzt erkenne ich, dass das Ding beschriftet ist. Auf einer Seite steht »Knutschen«, auf der gegenüberliegenden »Fummeln«. Ein Feld ist mit »Kuscheln« beschriftet, ein anderes mit »Massage«. Dann gibt es noch »Vernaschen« und »Händchen halten«. Aha. Und was soll ich damit?

»Los, würfele mal!« Kim guckt mich so gebannt an, als würde ich gleich die Lottozahlen ziehen.

Ich werfe das Teil auf mein Bett.

»Knutschen!«, kreischt Kim. »Wenn das mal nicht ein gutes Zeichen ist!«

Ich bin eher skeptisch, was diesen Liebeswürfel von Kim betrifft, halte aber lieber die Klappe.

»Lass uns erst das Problem Badeanzug angehen. Sonst gibt es nämlich keinen Tauchkurs und dann ganz sicher auch kein Knutschen.« Endlich kommt sie wieder ein bisschen zum Vorschein, die praktische Karo.

Auf der Rolltreppe bei Karstadt drückt Kim mir einen Zettel in die Hand.

»Was ist das?« Verwirrt falte ich ihn auseinander.

»Hab ich heute Morgen ganz vergessen. Ich glaub, du solltest das besser erst lesen.«

Mein Horoskop. Na klasse.

Heute ist einer von den Tagen, an denen du im Bett bleiben solltest. Geh großen Menschenansammlungen aus dem Weg und genieß die Ruhe des Alleinseins, bis du selbst wieder genießbarer bist.

»Und das sagst du mir jetzt?«

Kim zuckt nur entschuldigend mit den Schultern und schiebt mich ins Getümmel. Halb Hamburg scheint sich heute in der Bademodenabteilung umsehen zu wollen. Und ich – ungenießbar – mittendrin.

»Guck mal, der ist doch süß!« Kim stürzt zu einem der Drehständer und hält ein Stückchen Stoff in Größe 36 in die Höhe.

»Ähm … ja, ganz süß. Aber vielleicht wäre ein Badeanzug zum Tauchen doch praktischer als ein Bikini.« Möglichst unauffällig versuche ich, die Auswahl hinter dem Plastikschildchen mit der Größe 40 zu sondieren. Während Kim weiter bei den kleinen Größen wühlt, schnappe ich mir schnell drei Modelle.

»Ich probier schon mal was an.«

Die Kabinen hier haben dunkelblaue Vorhänge, trotzdem löst ihr bloßer Anblick bei mir unangenehme Gefühle aus. Ich schäle mich aus meinen Klamotten und starre entsetzt auf das blassgraue Etwas, das mir aus dem Spiegel entgegenstarrt. Wer zur Hölle hat eigentlich Umkleidekabinen erfunden? Die Kombination meiner nicht vorhandenen Sommerbräune mit pflasterfarbenen Stellwänden und greller Neonbeleuchtung lässt meine Haut umgehend die Farbe eines Grottenolms annehmen. Gibt es eigentlich eine Farbberatung für Grottenolme?

Ich greife zum ersten Badeanzug. *Bitte nur mit Unterwäsche probieren* prangt mir in Neonschrift von einem Schild entgegen. Wenn man mal einen Einbrecher erschrecken will, muss man nur diesem Hinweis folgen. Es gibt keinen schlimmeren Anblick als einen Badeanzug oder Bikini über einer an den Beinausschnitten herausquellenden Unterhose. Immerhin lässt sich das Kleidungsstück meiner Wahl noch über den Slip ziehen. Den BH habe ich vorsichtshalber abgelegt. Was zu viel ist, ist zu viel. Ich schiebe den Badeanzug noch ein Stückchen höher, schließlich hätte ich das Teil auch gerne über der Brust, da klemmt der Badeanzug plötzlich im Po statt drüber, der Beinausschnitt endet irgendwo in Bauchnabelhöhe und aus den dezent verteilten Spiegeln schauen mich meine Oberschenkel vorwurfsvoll an. Also wieder runter mit dem Teil.

Ich habe Badeanzug Nummer zwei gerade bis unter die Brust gezogen, da erscheint der Kopf einer Verkäuferin zwischen den Vorhängen: »Passts?!« Ich zucke zurück, sie starrt auf meine Brust und kreischt: »Die Unterwäsche muss aber an bleiben!« Vor der Kabine werden erste männliche Einkaufstütenträger neugierig und recken die Köpfe. Wo zur Hölle steckt Kim?

»He, Süße, ich hab was für dich!«

Endlich. Energisch zieht Kim die Verkäuferin aus meiner Kabine und streckt mir einen Badeanzug entgegen. Einen richtigen Schwimmanzug mit auf dem Rücken gekreuzten Trägern und einem Beinausschnitt da, wo sich bei einem normalen Menschen auch die Beine befinden. Das Muster ist total abgefahren. Zugegeben. Schwarz-weiß kariert, mit roten Bündchen eingefasst und auf dem Höschen prangt seitlich ein Piratenemblem. Totenkopf mit gekreuzten Knochen. Irre.

»Der ist mir doch viel zu klein.« Hoffentlich hört das draußen keiner.

»Größe 40. Der passt.« Kim zwinkert mir zu. »Los, probier ihn an. Aber zieh bitte diese dämliche Unterhose aus. Ich halte Wache.«

Der Anzug passt. Und sieht besser aus, als ich dachte. Ich muss meinen Bauch nur ganz wenig einziehen.

»Und die meiste Zeit bist du ja eh unter Wasser«, zerstreut die beste Freundin der Welt auch noch meine allerletzten Bedenken.

Blöderweise habe ich am Nachmittag wieder Latein-Nachhilfe. Papa kann einem echt die Ferien versauen. Kim findet das weniger tragisch als ich. Sie meint, sie müsse ohnehin was erledigen, aber für einen Eisbecher in der Mönckebergstraße reicht unsere Zeit noch.

Wir bestellen beide ein Bananasplit und ich lecke genüsslich die Schokosoße vom Löffel, als mir auffällt, dass Kim nicht einmal angefangen hat.

Sie starrt auf ihre Banane, als wolle sie die hypnotisieren.

»Kim?«

Kim legt die Stirn in Falten.

»Kimmi?!«

»Hast du schon mal über Verhütung nachgedacht?«

»Was?«

»Verhütung? Die Sache mit Blumen und Bienen und den kleinen Gummitüten?«

»Kim? Ist alles in Ordnung?«

»Du willst mit dem Typ poppen. Schon vergessen?«

»Ich … äh … sag doch nicht immer poppen.«

»Nenn es, wie du willst. Fakt ist, dass du Kondome kaufen musst.«

»Ich? Wieso ich?«

»Weil auf die Jungs kein Verlass ist.« Kim hackt mit ihrem kleinen silbernen Löffel ein Stück Banane ab. »Weil sie dich flachlegen und hinterher fragen: Verhüten? Ich dachte, du nimmst die Pille?«

»Flachlegen ist auch ein blödes Wort. Nimmst du die Pille?«

»Noch nicht, aber bald. Ich hab morgen einen Termin.«

»Echt?« Irgendwie macht mich die Richtung nervös, die dieses Gespräch gerade nimmt.

»Ja, echt. Solltest du auch überlegen. Ist sicherer. Stell dir vor, das Kondom platzt.« Kim haut mit Schwung in die Sahne.

»Ehrlich gesagt, will ich mir das jetzt lieber nicht vorstellen.« Ich schiebe meinen Eisbecher ein Stückchen weg.

»Wo hast du denn einen Termin? Ich meine, kann ich da auch hingehen?«, frage ich vorsichtig. Die Pille. Bis gerade eben habe ich noch nicht mal darüber nachgedacht, dass ich die Pille nehmen sollte. Bekommt man die einfach so? Krampfhaft suche ich in meinem Gedächtnis nach allen Informationen, die ich darüber habe. Viel ist das nicht. Ein paar chemische Zusammensetzungen aus dem Bio-Unterricht. Und ein schwammiges »Wenn es so weit ist, kannst du mit mir über alles reden« von meiner Mutter. War es jetzt so weit? Ob ich sie mal auf Mallorca anrufen und sagen sollte: »He, Mama, ich besorg mir morgen die Pille und wie geht es dir so?«

Irgendwie scheint mir das keine gute Idee zu sein. Warum ist das Leben manchmal nur so schrecklich kompliziert?

Pünktlich um fünfzehn Uhr steht Harry Potter bei uns im Flur. Also Alex natürlich.

Ich gebe mir Mühe, wirklich. Ich dekliniere und konjugiere, als hinge mein Leben davon ab. Und in gewisser Weise tut es das ja auch. Ohne Latein kein Tauchen. Und ohne Tauchen kein Stefan …

»Äh, was hast du gesagt?«

»Ich habe dich gefragt, was du eigentlich sonst so machst.« Alex schaut mich an.

»Sonst so?«

»Na ja, wenn du nicht gerade Latein übst. Also eigentlich immer.«

Haha. Mister Zauberlehrling ist mal wieder extra komisch. Aber eigentlich guckt er ganz lieb und scheint sich wirklich für meine Freizeitgestaltung zu interessieren. Ich erzähle ihm von den *Green Fighters*, von den Walen, meiner Unterschriftensammlung und dem bevorstehenden Tauchkurs. Der Satz »Und der Tauchlehrer ist wirklich total süß« ist mir dabei mehr aus Versehen rausgerutscht. Prompt macht Alex wieder seine berühmte Augenbrauen-Nummer.

»Und selbst?« Gespannt schaue ich ihn an.

»Was und selbst?«

»Was machst du so in deiner Freizeit, wenn du nicht gerade Latein lernst? Ach so, du hast ja dann quasi keine Freizeit.« Auge um Auge, Zahn und Zahn.

»Stimmt, viel Zeit habe ich nicht, aber das liegt nicht an Latein, sondern an meinem Job.«

»Du hast einen Job?«

Alex schiebt sich seine Brille ein Stückchen höher. Fast könnte man meinen, dass ihn meine Frage in Verlegenheit gebracht hat. Richtig süß sieht er aus, wenn er so schüchtern ist. Süß? Habe ich eben »süß« gesagt? Das muss an meiner Periode liegen. Völliges Hormonchaos. Ein Lateinnachhilfelehrer kann niemals süß sein.

Alex erzählt mir dann, dass er in den Ferien einen Job in einem Buchladen angenommen hat. Als Kurier. Er fährt jeden Nachmittag die bestellten Bücher zu ihren Kunden nach Hause. Kreuz und quer durch Hamburg. Mit dem Fahrrad. Irgendwie hätte ich ihm das gar nicht zugetraut. Vorsichtig mustere ich Alex von der Seite. Doch er sieht immer noch so aus, als könnte er keiner Fliege etwas zuleide tun.

»Also noch mal von vorne: Woran erkennst du einen ACI?« Mister Potter zeigt auf den Text im Lateinbuch.

ACI. Akkusativ cum Infinitiv. Die spinnen, die Römer. Ich starre auf den Text und versuche, überhaupt irgendetwas zu erkennen. Wo fängt der Satz an, wo hört er auf und wo zum Teufel ist dieser ACI? Mit dem Finger fahre ich die Zeile entlang, obwohl mir vollkommen klar ist, dass ich keine Ahnung habe, wonach ich eigentlich suche. Aber so sieht man es wenigstens nicht gleich.

Alex legt seine Hand auf meine.

Ich zucke hoch.

Seine Hand fühlt sich warm an. Und kräftig.

Ich höre auf zu atmen. Starre ihn an.

Langsam schiebt er meine Hand auf die andere Buchseite.

»Der Text, an dem wir gerade arbeiten, steht da drüben.« Alex lässt meine Hand los. Und was immer das eben war – es ist vorbei.

Neuntes Kapitel

ROTE GUMMIBÄRCHEN – GANZ VIRTUELL

Chat: *Nixe betritt den Raum*

darkangel: Hi, Nixe.

engelchen: Hi, Nixe.

derRächer: Hai – Nixe **rofl**

Nixe: Hallo an alle.

butterblume: (flüstert) Pssst, Nixe. Schön, dich zu lesen. Wie war Latein?

Nixe: (flüstert) Pssst, butterblume. Frag nicht.

Chat: *Loverboy16 betritt den Raum*

engelchen: **Loverboy16 abknutsch ganz viel**

Loverboy16: Hi, engelchen!

engelchen: Krieg ich keinen Kuss heute? **schmoll**

Nixe: (flüstert) Pssst, butterblume. Wo ist dein dragonheart?

butterblume: (flüstert) Pssst, Nixe. Der kann mir gestohlen bleiben.

Nixe: Ups

derRächer: Nixe? Zu viel Wasser geschluckt?

Nixe: (flüstert) Pssst, butterblume. Sorry, habe /whisper vergessen. Was ist los? Hattet ihr Streit?

butterblume: (flüstert) Nein, keinen Streit. Ich mag jetzt nicht drüber reden.

Nixe: (flüstert) Pssst, butterblume. He, alles okay? Wollen wir telefonieren?

butterblume: (flüstert) Nee, lass mal. Ist echt nicht so wichtig.

darkangel: Wo steckt bienchen eigentlich?

derRächer: In einer Blume?

darkangel: LOL

butterblume: Sehr witzig.

Chat: *Damian17 betritt den Raum*

Damian17: Hi an alle! Hallo, Nixe.

Butterblume: (flüstert) Pssst, Nixe. Hallo, Nixe. Soso.

Nixe: (flüstert) Pssst, butterblume. Gar nix soso **breitgrins**

Damian17: (flüstert) Pssst, Nixe. Schön, dich zu lesen. War dein Montag besser als dein Sonntag?

Nixe: (flüstert) Pssst, Damian17. Nicht wirklich.

Damian17: (flüstert) Pssst, Nixe. Oje. Was war nicht so gut?

Nixe: (flüstert) Pssst, Damian17. Lateinnachhilfe in den Ferien ist nie gut.

Damian17: (flüstert) Pssst, Nixe. Latein? In den Ferien? Das ist hart.

Nixe: (flüstert) Pssst, Damian17. Du hast es erkannt.

Damian17: (flüstert) Pssst, Nixe. Darf ich dich in ein Separee einladen? Das Flüstern nervt ein bisschen. In einem Sep können wir uns besser unterhalten.

Nixe: (flüstert) Pssst, Damian17. Klar, gerne.

Chat: *Nixe und Damian17 befinden sich im Separee.*

butterblume: Hoppala
derRächer: Neidisch? **gg**

Was tu ich da? Warum gehe ich mit dem Typ in ein Separee? Wie komme ich bloß darauf?! Ich kenne den doch gar nicht. Ich versuche, mir diesen Damian17 vorzustellen. Aber außer, dass er wahrscheinlich männlich und 17 ist, will mir beim besten Willen nichts einfallen. Und selbst das kann natürlich ein Fake sein. Liest man ja immer wieder, so was. Vielleicht ist er erst 12. Oder er ist so hässlich, dass er sich nicht auf die Straße traut. Warum sollte ein Siebzehnjähriger sonst einen Sommerabend im Chat verbringen? Warum verbringe ich einen Sommerabend im Chat? Gute Frage.

Chat: *Nixe und Damian17 befinden sich im Separee*
Damian17: Hallo? Erde an Nixe, bist du noch da?
Nixe: Hallo, Erde. Klar. Wo soll ich sonst sein?
Damian17: Ah – da bist du ja. Ich habe schon dreimal Hallo geschrieben, aber du hast nicht reagiert.
Nixe: Oh, sorry. Muss mich hier erst mal zurechtfinden. Ich war noch nie in einem Sep.
Damian17: Kein Problem. Hier kannst du einfach drauflostippen. Kann außer mir keiner lesen.
Nixe: Sehr praktisch das.
Damian17: Was macht eine Nixe an einem Sommerabend allein im Chat?
Nixe: dito

Damian17: Ich passe auf meine kleine Schwester auf. Babysitterdienst.

Nixe: Du hast eine kleine Schwester?

Damian17: Ja. Sie ist zwei.

Nixe: Süß!

Damian17: Ja, wenn sie schläft, dann schon. **lach**

Nixe: Ich habe keine Geschwister.

Damian17: Hättest du gerne welche?

Nixe: Nee, glaub nicht.

Ob ich gerne Geschwister hätte? Keine Ahnung. Manchmal habe ich mir eine Schwester gewünscht, am besten eine Zwillingsschwester. Eine zum Reden und Quatschmachen und so. Vor allem als Papa ausgezogen ist und Mama dauernd ihren Moralischen hatte und nur geweint hat. Manchmal ist sie jeden Abend heulend ins Bett gegangen. Sie hat mich dann immer gefragt, ob ich bei ihr im großen Bett übernachten will, und ich habe mich nie getraut, ihr zu sagen, dass ich lieber in meinem Zimmer schlafen möchte. In der Zeit hätte ich gerne eine Schwester gehabt. Dann hätte die sich um Mama kümmern können.

Damian17: Warum lernst du in den Ferien Latein?

Nixe: Ich hatte ne 5 im Zeugnis.

Damian17: Aua

Nixe: Mein Vater will meiner Mutter beweisen, dass ihm das nicht passiert wäre.

Damian17: Und? Stimmt das?
Nixe: Quatsch. Das hat doch mit meinen Eltern nichts zu tun. Ich mag Latein nicht. Ist mir zu langweilig.
Damian17: Ach, manchmal kann es ganz spannend sein. Wenn man es mag. ;-)
Nixe: Du magst Latein?

Örks. Auf was habe ich mich da eingelassen? Ein Lateinfreak und Babysitter. Obwohl, für das Baby kann er ja nichts. Und eigentlich finde ich das auch ganz nett von ihm. Aber Latein? Ob Stefan eigentlich Latein kann? Vielleicht finde ich das morgen heraus, dann fängt endlich der Tauchkurs an. Ich bin schon total gespannt, wie das alles wird. Von wegen Knutschen und so. Hoffentlich guckt Stefan mich überhaupt an. Ich greife in die Tüte mit den Gummibärchen und suche nach ein paar roten. Sicher ist sicher.

Damian17: Bist du immer so still?
Nixe: Still?
Damian17: Na ja, ich komme ja mit dem Lesen kaum hinterher. *g*
Nixe: Haha! Was soll ich denn schreiben?
Damian17: Wie alt bist du?

Für einen kurzen Augenblick verharrt mein Finger über den Tasten. Dann tippe ich: 16. Warum mache ich das? Weil 16 viel cooler klingt als 15. Erwachsener irgendwie. Klar. Aber warum ist mir das wichtig? Ich kenne diesen Damian nicht und er interessiert mich auch nicht. Mich interessiert nur Stefan. Der Chat ist doch nichts weiter als ein Zeitvertreib. Verwirrt schiebe ich mir noch ein paar Gummibärchen in den Mund.

Damian17: Wohnst du auch in Hamburg?
Nixe: Wie kommst du darauf?
Damian17: **lacht** Hier sind fast alle aus Hamburg. Ist ja der Sinn dieses Chats, dass man die Mitbewohner seiner Stadt kennenlernen kann.
Nixe: Ach so, das wusste ich gar nicht. Ich habe die Adresse von meiner Freundin.
Damian17: Deshalb.
Nixe: Deshalb was?
Damian17: Deshalb bist du so anders.
Nixe: Anders?
Damian17: Die meisten benutzen diesen Chat, um Leute kennenzulernen, mit denen sie was machen können. Rausgehen, Partys feiern, so was halt.
Nixe: Du meinst, um jemanden aufzureißen. **grins**
Damian17: Oder so. **breitergrins**
Nixe: Danke. Kein Bedarf. Ich bin nur hier, weil ich wissen will, was meine Freundin an diesem Chat so toll findet.
Damian17: Alles klar. Schon verstanden.
Nixe: Oh. So war das nicht gemeint. Ich unterhalte mich gerne mit dir.
Damian17: Na, da bin ich ja beruhigt.

Irgendwie läuft das Gespräch in eine völlig falsche Richtung. Ich wollte Damian nicht vor den Kopf stoßen. Ich finde ihn ganz nett. Aber ich bin auch wirklich nur aus Langeweile im Chat. Na ja, und weil ich gucken wollte, was Kim da so toll findet. Immerhin hatte sie schon Cybersex mit allem Drum und Dran. Ich gucke auf den Monitor und versuche mir vorzustellen, wie es wäre, mit Damian Cybersex zu haben. Rein virtuell natürlich. Und nur so zum Üben. Aber müsste ich dazu nicht wissen, wie er aussieht?

Nixe: Welche Haarfarbe hast du?
Damian17: Ist das wichtig?
Nixe: Nicht wirklich, aber sag doch mal.
Damian17: Welche hättest du denn gerne? *;-)*
Nixe: Blond?
Damian17: Dann bin ich blond. **g**
Nixe: Bist du wirklich?
Damian17: Nein. Nicht wirklich. Ich habe dunkelbraune Haare. Und du?
Nixe: Rot. Wie eine Hexe.
Damian17: **lacht** Oder wie eine Nixe eben. Sind sie lang?
Nixe: Ja, so über die Schulter. Lange Locken.
Damian17: Toll! **wuschelt der Nixe mal durch die Locken**
Nixe: He!
Damian17: 'tschuldigung. Ich mach es wieder ordentlich. **streicht der Nixe vorsichtig eine Locke aus dem Gesicht**

Das ist doch verrückt. Ich sitze vor meinem Computer und irgendein virtueller Typ streicht mir Locken aus dem Gesicht. So ein Blödsinn. Aber es fühlt sich gut an. Zärtlich irgendwie. Ich schließe kurz die Augen und stelle mir Stefan vor. Wie er seine Hand hebt und mir eine Locke aus dem Gesicht streicht. Dabei lächelt er ganz lieb. Dann beugt er sich zu mir und küsst mich auf den Mund.

Damian17: Bist du noch da?
Nixe: Ja klar. Habe nur meine Frisur in Ordnung gebracht. **fg**
Damian17: Schade. Ich fand es nett, so verwuschelt.
Nixe: Dann musst du es wieder verwuscheln.
Damian17: Ist das eine Aufforderung?
Nixe: **ggg**
Damian17: **greift der Nixe mit beiden Händen in die Locken und wuschelt sie ordentlich durch**
Nixe: **auf die Finger klopf**
Damian17: **hält Nixes Hände fest**
Nixe: Zu Hilfe!
Damian17: Keine Chance! **zieht Nixe zu sich und gibt ihr einen Kuss auf die Nase**
Nixe: …

Hilfe! Was mache ich da?

Damian17: Was heißt …?
Nixe: Ich … ich habe so was noch nie gemacht. **rotwerd**

Damian17: Was? Geküsst? **ggg**

Nixe: Nein. Doch. Natürlich. Aber noch nie virtuell.

Damian17: Ich auch nicht. Schlimm?

Nixe: Nein, gar nicht.

Damian17: Wenn du es nicht magst, hör ich damit auf.

Nixe: Ja. Nein. Ich meine. Nein, du musst nicht aufhören.

Damian17: Obwohl ich nicht blond bin? **feixt**

Nixe: Blödmann

Damian17: Wie bitte?

Nixe: Blödmann. **gg**

Damian17: Na warte!

Nixe: **wartet**

Damian17: **nimmt Nixes Gesicht vorsichtig in beide Hände, und gibt ihr einen langen zärtlichen Kuss mitten auf den Mund**

Egal was das gerade ist, ich will nicht, dass es aufhört. Auf gar keinen Fall. Mein Herz klopft total schnell. Meine Haut kribbelt bis in die Fingerspitzen.

Nixe: **schließt die Augen und erwidert den Kuss**

Damian17: **fährt mit der Zunge behutsam über Nixes Mund und schiebt sie zwischen ihre Lippen**

Nixe: **öffnet vorsichtig den Mund**

Damian17: **zieht Nixe ein wenig fester an sich heran und küsst sie sehr intensiv**

Nixe: Das ist …

Damian17: Ja?

Nixe: Schön.

Damian17: Was hast du an?

Nixe: Ist das wichtig?

Damian17: **lächelt** Ich muss doch wissen, wie viele Knöpfe ich öffnen muss.

Nixe: Oh. Ach so. Gar keine. Ich hab nur ein T-Shirt an.

Damian17: **schiebt eine Hand unter Nixes T-Shirt und streicht ihr über den Rücken**

Das ist irre. Ich kann seine Hand spüren. Das Ganze ist – so real. Meine Haut wird ganz warm und dann wieder ganz kalt. Ich bekomme eine Gänsehaut bei der Vorstellung von Damians Hand da unter meinem T-Shirt. Ich möchte mehr davon. Ich möchte, dass seine Hände überall sind und mich streicheln, und sein Mund soll mich küssen.

Nixe: **nimmt Damians zweite Hand und schiebt sie auch unter ihr T-Shirt**

Damian17: **lächelt** Nimmersatt

Nixe: Mhm …

Damian17: **greift behutsam den Saum des T-Shirts und …**

Nixe: Und?

Damian17: **und zieht es Nixe über den Kopf**

Nixe: Oh! **verschränkt schnell die Arme vor der Brust**

Damian17: So schüchtern? **smile**

Nixe: Ja, ziemlich.

Damian17: **streicht mit dem Zeigefinger behutsam von Nixes Hals über das Schlüsselbein weiter nach unten**

Ich brenne. Alles in mir steht in Flammen. In meinem Bauch ist es so warm und weich und wattig, dass ich am liebsten darin versinken würde. Gleichzeitig kribbelt und spannt meine Haut überall. Der Gedanke an Damians Finger, der über meinen Busen streicht, verursacht mir eine Gänsehaut am ganzen Körper.

Damian17: Mist.
Nixe: ???
Damian17: Lilli weint. Ich muss kurz nach ihr gucken.
Nixe: Lilli?
Damian17: Meine kleine Schwester. Bis gleich.
Nixe: Ach so, ja. Bis gleich.

Mist. Mist, Mist, Mist.

Eine kalte Dusche hätte kaum wirkungsvoller sein können. Ich glaube, ich bin total übergeschnappt. Lasse mich hier virtuell von einem Typ ausziehen und befummeln, den ich überhaupt nicht kenne, der vielleicht nicht einmal existiert. Also klar, irgendwer existiert da schon am anderen Ende der Internetleitung, aber das kann ja Gott weiß wer sein. Ich atme tief durch und versuche, den Gedanken an sanfte Hände unter meinem T-Shirt ganz schnell loszuwerden. Auch wenn es schön war. Zugegeben. Die Vorstellung, so berührt zu werden, hat mir gefallen. Ich starre auf den Monitor. Ob Damian wohl zurückkommen wird? Vielleicht ist er mit seiner kleinen Schwester eingeschlafen. Es muss schön sein, einen großen Bruder zu haben.

Damian17: Bist du noch da?
Nixe: Da bist du ja! Das hat aber lange gedauert.
Damian17: Ja, Lilli ist ziemlich erkältet gerade und muss dauernd husten.
Nixe: Ist sie wirklich erst zwei? Dann bist du ja 15 Jahre älter.
Damian17: Ja, meine Mutter ist zum zweiten Mal verheiratet. Lilli hat einen anderen Vater als ich.
Nixe: Oh.
Damian17: Warum oh?
Nixe: Weil es doch bestimmt blöd für dich ist, wenn da jetzt ein anderer Mann bei euch im Haus wohnt, oder?
Damian17: Blöd? Nein. Holger und ich verstehen uns prima. Mein Vater ist hier schon ausgezogen, als ich noch ganz klein war. Und er hat sich auch danach nie wirklich um mich gekümmert.
Nixe: Das tut mir leid. Fehlt er dir nicht?
Damian17: Früher manchmal. Aber seit Holger bei uns wohnt, nicht mehr.
Nixe: **seufz**
Damian17: Warum seufzt du?
Nixe: Mein Vater hat auch eine neue Freundin.

Damian17: Und deine Mutter?

Nixe: Die wohnt bei Frankfurt. Ich übrigens auch. Ich bin nur in den Sommerferien hier.

Damian17: Na, wenigstens kannst du deinen Vater immer besuchen.

Nixe: Ja, wenigstens das.

Damian17: Du magst seine Freundin nicht?

Nixe: Nein.

Damian17: Warum nicht? Ist sie nicht nett zu dir?

Nixe: Ach, ich weiß nicht. Doch, sie ist schon nett. Aber es ist nicht mehr wie früher, verstehst du?

Damian17: Ja, ich glaube schon.

Nixe: Alles dreht sich nur noch um sie. Und jetzt will mein Vater sie auch noch heiraten.

Damian17: Na ja, ist doch eigentlich auch schön, wenn man jemanden so liebt, dass man ihn heiraten möchte, oder?

Nixe: Mein Vater hätte sich ja nicht scheiden lassen müssen.

Damian17: Du vermisst ihn sehr, oder?

Nixe: Ja. Manchmal jedenfalls.

»Karo, bist du noch wach?« Es klopft. Papa.

Nixe: Wenn man vom Teufel spricht. Mein Vater will was von mir. Ich mache hier mal aus. Cu.

Damian17: Alles klar. War nett, mit dir zu plaudern. Cu und bis bald mal.

»Ja, komm rein, ich bin noch wach.« Hektisch klappe ich mein Notebook zu und drehe mich zu ihm. Irgendwie sieht er ein bisschen verloren aus und müde, denke ich plötzlich und vergesse fast, dass ich immer noch sauer auf ihn bin.

»Na, Große, wie war dein Tag?«

Nanu, was soll das denn für ein Gespräch werden? Ich zucke mit den Schultern. »Ging so. Ich war mit Kim in der Stadt. Wir haben einen Badeanzug gekauft.«

»Ah, schön. Was hat er gekostet? Ich bezahl ihn dir.« Papa zieht seine Brieftasche aus der Jeans und sieht mich erwartungsvoll an. Hallo? Ich nehme gerne jeden Cent von ihm, aber was soll das denn werden? Ein Bestechungsversuch? Oder das pure schlechte Gewissen?

»Wolltest du eigentlich was Bestimmtes von mir?« Angriff ist oft die beste Verteidigung.

»Karo, es tut mir leid, dass ich so wenig Zeit für dich habe.« Papa wischt sich mit der Hand über die Stirn.

»Ach, schon okay. Ich komme klar. Ich hab ja Kim.«

»Wegen heute Morgen, das tut mir auch leid.«

»Mhm.«

»Ich hätte nicht so schimpfen sollen. Aber Anna war so außer sich. Und Frauen, die weinen, machen mich immer schrecklich hilflos.«

Gegen meinen Willen muss ich grinsen. »Mich auch.«

Papa lacht.

»Aber sie hätte ja auch nicht gleich so ausrasten müssen. Ich habe doch nur ein paar Tampons gesucht.« Da muss er jetzt durch. Bevor er glaubt, mit einem blöden Spruch ist alles wieder gut.

»Tampons? Wieso? Ach so, ja. Aber du hättest doch fragen können.«

»So was fragt Frau halt nicht so gerne. Und ich kenne Anna ja gar nicht.«

»Hm, ich weiß. Anna hat auch schon mit mir geschimpft, weil ich dir so wenig von ihr erzählt habe. Aber weißt du, ich hatte einfach Angst, dass du nicht verstehen würdest, wie wichtig Anna für mich ist.«

Irgendwie wird mir dieses Gespräch gerade zu viel. Ich weiß nicht, was ich sagen soll. Die Wahrheit ist, dass ich die wichtigste Person in seinem Leben sein will. Ich schaffe es nicht, in Anna das zu sehen, was mein Vater in ihr sieht: ein neues Mitglied unserer Familie. Für mich ist sie einfach eine Person zu viel in dieser Wohnung.

»Ich verstehe, dass du sie magst. Aber muss sie deswegen gleich hier einziehen?«

»Karo, ich möchte mit Anna zusammenleben. Es ging mir schon lange nicht mehr so gut wie mit ihr. Schau, du wirst nach den Ferien wieder zurückfahren nach Frankfurt. Dann wäre es ohne Anna sehr einsam hier in der Wohnung.«

»Du hättest ja gar nicht erst nach Hamburg ziehen müssen«, platzt es aus mir heraus.

»Ach, Karo.« Papa drückt mir einen Fünfziger in die Hand und steckt seine Brieftasche ein. »Versuch, ein bisschen nett zu Anna zu sein, ja? Bitte. Mir zuliebe. Für sie ist es auch nicht leicht, plötzlich eine so große Stieftochter zu haben. Sie ist ja gerade mal fünfzehn Jahre älter als du.«

Womit die Frage geklärt wäre, wie alt Anna eigentlich ist. 15 Jahre. Damit ist unser Altersunterschied exakt so groß wie bei Damian und seiner Schwester Lilli. Anna könnte meine große Schwester sein. Ist sie aber nicht. Und meine Stiefmutter ist sie schon gar nicht.

Mein Handy klingelt. Ein Blick auf mein Display zeigt mir, dass es Kim ist. Ich drücke den Anruf weg.

»Das war Mama. Ich soll ihr erzählen, wie Anna ist.«

Seufzend verlässt mein Vater das Zimmer.

Ich werfe mich auf mein Bett und wähle Kims Nummer.

Zehntes Kapitel
SCHOKOMOUSSE UND SPUCKE

»Viel Spaß heute! Was sagt man beim Tauchen? Gut Gluck?« Papa reicht mir lachend meine Badetasche aus dem Auto. Zum ersten Mal seit ich in Hamburg bin, fühlt sich mein Vater wieder so an wie früher. Aber wir waren während dieser kurzen Autofahrt von der Wohnung zum Schwimmbad auch zum ersten Mal allein.

Mit Kim bin ich vor dem Eingang verabredet, aber sie ist noch nicht da. Überhaupt ist es ungewohnt ruhig hier vor dem *Kaifu.* Aber wer geht auch in den Sommerferien freiwillig morgens um 9:00 schwimmen? Ich finde es auch nicht so prickelnd, dass Markus und Stefan den Tauchkurs so früh angesetzt haben, aber Kim meinte, dass wir den kompletten Bereich unter dem Sprungturm brauchen und es dort später zu voll wird, um ihn einfach abzusperren. Der Name Kaifu kommt übrigens von Kaiser-Friedrich-Ufer. Das *Kaifu* ist das älteste Bad Hamburgs. 115 Jahre hat es schon auf dem Buckel, aber das sieht man ihm nicht an. Eigentlich ist es richtig schick, mit Hallenbad und beheiztem Außenpool, Wellness- und Saunabereich und viel Platz zum Faulenzen. Vor allem aber hat es einen 10-Meter-Sprungturm und dazu natürlich ein Sprungbecken. Und das braucht man zum Tauchen, damit man tief genug runterkann. Sagt jedenfalls Kim. Von der ist nach wie vor nichts zu sehen. Hoffentlich lässt sie mich nicht hängen. Sie war gestern Abend am Telefon schon so komisch. Schlecht drauf irgendwie. Ich habe sie gefragt, ob sie Stress mit ihrem Chat-Lover hat, aber sie wollte nicht darüber reden.

Ich habe dann nach unserem Gespräch endlich Mama angerufen. Lust hatte ich überhaupt keine, schon gar nicht nach der Diskussion mit meinem Vater. Aber zum Glück war meine Mutter ziemlich in Eile. Ich hatte sie wohl kurz vor irgendeinem nächtlichen Imbiss erwischt. Die scheinen in diesem Hotel echt nur zu essen.

»Du kannst dir gar nicht vorstellen, was die hier alles auftischen. Heute gab es zum Dessert sieben verschiedene Sorten Schokoladenmousse, unglaublich«, erklärte sie mir euphorisch.

»Na, dann brauchst du ja bald neue Klamotten«, zog ich meine stets auf ihre Figur bedachte Mutter auf.

»Ich hoffe, nicht. Wir arbeiten tagsüber ja auch ordentlich und zwischendurch machen wir ausgedehnte Wanderungen über die Insel. Da läuft sich das wieder ab. Sag mal …« Ich höre Schranktüren klappern und Wasserrauschen im Hintergrund. »Soll ich das kleine Schwarze oder das Rote mit dem tiefen Rückenausschnitt anziehen? Was meinst du?«

»Äh … keine Ahnung. Mama, es ist schon 23:00 Uhr. Willst du noch mal weg?«

»Aber Schatz, es ist Sommer! Carpe diem!«, zwitscherte meine Mutter ins Telefon.

»Mama, hast du was getrunken?«

Meine Mutter lachte so laut, als hätte ich den besten Witz des Tages gemacht. Das Wasserrauschen im Hintergrund hörte auf.

»Meine große vernünftige Tochter. Du hättest mitkommen und auf mich aufpassen können.« Sie lachte immer noch.

Ja, das hätte ich vielleicht. Wenigstens hat sie mich nicht mehr nach Anna gefragt.

»Ich nehme das Schwarze, für das Rote bin ich noch nicht braun genug.« Stoffrascheln.

Und eine Stimme. »Ich bin fertig. Können wir los?« Eine männliche Stimme.

»Mama??!!«

»Kannst du mir mal eben den Reißverschluss …? Ja, Schatz?«

»Mama, wer ist da bei dir im Zimmer?«

»Schatz, ich muss jetzt los. Wir kommen zu spät. Ich ruf dich morgen wieder an, okay?«

»Mama, wer war das eben?«

»Nur ein Kollege. Mach dir keine Sorgen. Ich melde mich. Viel Spaß in Hamburg.« Aufgelegt.

Mein Vater verliebt sich in Schweinemedaillons, meine Mutter schleppt einen Kollegen ab und ich knutsche mich durch die Cyberwelt. Irgendetwas hat mein Leben gründlich aus der Umlaufbahn geschossen!

»Hallo, Karo! Träumst du? Dann sag mir gleich, von wem!« Kim hat sich von hinten angeschlichen und hält mir die Augen zu.

»Frag besser nicht. Mein Leben ist gerade der reinste Albtraum.«

»So schlimm?«

»Schlimmer. Komm, gehen wir rein. Bestimmt sind die anderen schon im Wasser.«

Als ich in meinem neuen Badeanzug die Damenumkleide verlasse, fühle ich mich nackt. Sehr nackt. Und ziemlich dick. Die Idee, Stefan in einem Tauchkurs anzubaggern, kommt mir plötzlich völlig idiotisch vor. Ich wickele mir noch schnell ein großes Badehandtuch um und folge Kim nach draußen.

Auf der Wiese vor dem Außenbecken sitzen 15 Leute und schauen uns erwartungsvoll entgegen. Ein paar kenne ich. Meike ist da, Chiara auch, weiter hinten sehe ich Pascal, neben ihm Kessi. Das Gesicht, das ich suche, ist aber nicht dabei.

»Hallo, Kim, hallo, Karo! Da seid ihr ja endlich. Gut, dann können wir anfangen.« Am Beckenrand steht ein Typ Marke Bademeister, allerdings nicht in weißen, sondern in blauen Sportklamotten. Sein Alter kann ich schlecht schätzen, auf jeden Fall älter als wir alle hier. So 25 vielleicht oder 30. Auf dem Kopf trägt er eine Baseballkappe mit dem Emblem des Tauchvereins. Das weiß ich, weil das gleiche Emblem auch auf der Anmeldung zum Kurs war. Das muss Markus sein, unser Tauchlehrer. Unter dem Arm hat er ein Klemmbrett mit einer Namensliste. Jetzt weiß ich auch, woher er unsere

Namen kennt. Weil wir zu den Letzten gehörten. Jetzt fehlt nur noch Stefan.

Mein Herzschlag setzt aus, als ich ihn den Weg entlangkommen sehe – nur mit einer schwarzen Badehose bekleidet. Er schleppt zwei riesige prallvolle Sporttaschen und stellt sie genau vor unseren Füßen

ab. Ich starre auf seinen nackten braun gebrannten Oberkörper. Wie oft habe ich davon geträumt, meinen Kopf auf diese Brust zu legen.

»Mund zu, es zieht«, flüstert Kim und knufft mich in die Seite. Tatsächlich habe ich für einen kurzen Moment das Atmen vergessen und schnappe nach Luft.

»So, Leute, bevor wir anfangen, müssen wir uns ordentlich aufwärmen. Zehn Runden um das Becken bitte, hopphopp!« Stefan übernimmt sofort das Kommando und Mister Kappe nickt zustimmend.

Einige der Jungs springen auf und laufen los.

»Laufen?« Ich starre Stefan an. »Wir sollen zehn Runden um das Becken laufen? Ich dachte, das ist ein Tauchkurs?«

»Zehn Runden«, entgegnet der Mann meiner schlaflosen Nächte ungerührt. »Zum Warmwerden.«

»Na los, komm schon.« Kim zieht an meinem Arm. »Bringen wir es hinter uns.«

»Von wegen«, Stefan lacht, »das ist erst der Anfang.«

»Sklaventreiber«, zischt Kim ihm zu und trabt los.

Wenn ich meine Runden nicht gleich vor allen Augen allein drehen will, muss ich mich jetzt in Bewegung setzen.

Ich lasse mein Handtuch fallen, zerre noch schnell mein T-Shirt aus meiner Badetasche und ziehe es mir beim Laufen über den Kopf. Zum Glück lassen es alle recht gemächlich angehen, so richtig wach ist wohl noch keiner.

»Bist du sicher, dass wir im richtigen Kurs sind?«, japse ich neben Kim. »Ich wollte tauchen lernen und nicht für den Hamburg-Marathon trainieren.«

Zu meiner Erleichterung hört sich auch Kims Atem nach zwei Runden nicht mehr ganz so regelmäßig an. Ich würde am liebsten einfach stehen bleiben. Ich habe meine Tage, ich fühle mich fett und träge und ich bin müde. Nach fünf Runden fange ich an zu schwitzen. War es nicht eben noch angenehm kühl und frisch?

»Na hopp, Mädels, wir wollen doch auch noch ins Wasser heute.« Mister Baseballkappe hat gut reden. Der steht gemütlich am Beckenrand und sonnt sich.

Ein Blick über die Schulter zeigt mir, dass Stefan genau hinter uns ist. Na super.

Sofort ziehe ich das Tempo wieder ein wenig an. Ich wünschte, der würde woanders laufen. Von hinten biete ich in Badeanzug und Schlabber-Shirt sicher nicht den besten Anblick, schon gar nicht, wenn ich dabei über den Rasen stampfe wie eine schwangere Elefantenkuh. Warum ist die Realität immer so schrecklich weit entfernt von meinen Träumen?

So oft habe ich den Tauchkurs in Gedanken durchgespielt. Ich stand immer im hüfthohen warmen Wasser, das sanft um meine Taille schwappte, während Stefan mich zärtlich an seine braun gebrannte Brust zog.

Nach zehn Runden lasse ich mich keuchend aufs Handtuch fallen. Aber ich hätte es besser wissen müssen.

»Nicht ausruhen. Jetzt, wo ihr schön warm seid, machen wir ein paar Dehnübungen.« Ob Stefan nur im Entferntesten ahnt, was sein muskulöser Körper, den er gerade direkt vor meiner Nasenspitze reckt und streckt, in mir auslöst? Das ist pure Folter. Verbissen versuche ich, seine Übungen nachzumachen. Kim ist total konzentriert bei der Sache. Aber sie muss ja auch nicht gleichzeitig gut aussehen und mit einer Hormonexplosion irgendwo in der Bauchmitte fertigwerden.

»Ehrlich gesagt, habe ich mir das alles stressfreier vorgestellt«, flüstere ich Kim zu.

»So, Leute.« Stefan beendet seine Dehnübungen und nickt Markus zu. Der setzt sich zum ersten Mal an diesem Morgen in Bewegung und holt die Sporttaschen.

Er stellt sie vor Stefan ab und lässt den Blick über unsere Köpfe gleiten. »Dieses Aufwärmprogramm macht ihr jetzt bitte selbstständig vor jedem Tauchkurs. Es wäre schön, wenn ihr dafür ein paar Minuten früher kommen könntet, damit wir später noch genug Zeit für das Tauchen haben. Ach ja, eins noch: Das hier ist kein reiner Vergnügungskurs. Wir lernen tauchen, um im Namen der *Green Fighters* in Zukunft an allen möglichen Umweltaktionen im Wasser teilnehmen zu können. Es geht nicht darum, irgendwo im blauen Wasser zu schnorcheln und bunte Fische zu beobachten, sondern es kann sein, dass wir mal einen See entrümpeln oder sogar Greenpeace bei der einen oder anderen Aktion im offenen Meer unterstützen. Diese Aktionen können gefährlich werden und körperlich anstrengend sein. Deshalb steht körperliche Fitness in diesem Kurs ganz hoch oben. Wem das nicht passt«, der Blick von Mister Baseballkappe wandert zu mir, »der ist im falschen Kurs und sollte jetzt besser nach Hause gehen.« Schweigen. Keiner sagt einen Mucks. Und ich werde von Kopf bis Fuß dunkelrot.

Auf einen Hinweis von Markus öffnet Stefan eine der beiden Sporttaschen und holt ein paar Taucherbrillen heraus. Gespannt rücken alle ein bisschen näher.

»Wir werden mit der sogenannten ABC-Ausrüstung anfangen zu üben, also Brille, Schnorchel und Flossen.«

»Wie, und was ist mit den Sauerstoffflaschen?« Der Typ neben mir mault. Markus weist ihn sofort zurecht. »Erst mal müsst ihr die ABC-Ausrüstung sicher beherrschen. Flossenschwimmen, durch den Schnorchel atmen, das ist kein Kinderspiel.«

Stefan wirft mir eine Taucherbrille zu. »Setz die mal auf, die dürfte dir passen.«

Ach du Schreck. Auch das noch. Alle starren mich an. Ich nestele etwas hilflos an den breiten Gummibändern herum, während Stefan weitere Taucherbrillen verteilt. Dann ziehe ich mir das Ding über das Gesicht. Sofort fange ich mit Schnappatmung an, schließlich sitzt die Brille auch über meiner Nase.

»Lass mal sehen.« Stefan kniet sich vor mich und rüttelt an der Brille. Ich glotze ihn durch das Glas an. So nah war er mir noch nie. Stefan zieht die Brille ein Stück von mir weg. Dann nähert sich seine Hand meinem Gesicht. Ich halte den Atem an. Behutsam streicht er eine Locke auf meiner Stirn zur Seite. ZOSCH! Ich stehe in Flammen. Dann drückt er die Brille wieder fest auf mein Gesicht und wendet sich an die anderen. »Ihr müsst aufpassen, dass ihr eure Haare gut aus der Stirn streicht. Da darf kein Haar von der Brille eingequetscht werden, sonst ist sie nicht dicht und läuft euch sofort unter Wasser voll.« Stefan geht reihum und kontrolliert bei allen, ob die Brille richtig sitzt. Und Markus kontrolliert, ob Stefan alles richtig macht.

»Sehr schön. Und jetzt«, er nähert sich wieder mir, was meinen Puls sofort um die doppelte Frequenz erhöht, »kommen wir zum romantischen Teil des Tauchens.« Behutsam nimmt er mir meine Taucherbrille wieder vom Gesicht, grinst mich an und – spuckt hinein. Also in die Brille, nicht in mein Gesicht natürlich. Trotzdem hätte das vermutlich keinen Unterschied gemacht, so geschockt bin ich. Er verreibt die Spucke in dem Glas, dreht die Brille um und hält sie mir hin. »Jetzt du einmal, bitte.«

Ich starre ihn an.

»Hier draufspucken und verreiben. Der Spuckefilm verhindert später, dass euch die Brille unter Wasser beschlägt.« Ich bin hin und weg. Hat man je Romantischeres gehört? Der Held spuckt seiner Liebsten vor dem nächsten Tauchgang in die Taucherbrille. Nur Sex kann schöner sein! Fassungslos schaue ich mich um.

Alle spucken und reiben, was das Zeug hält. Vereinzelt höre ich ein »Igitt, ist das eklig«, was die Baseballkappe mit einem trockenen »Vor dem Essen, nach dem Essen – Zähneputzen nicht vergessen!« kommentiert.

Endlich haben alle ihre Taucherbrillen vollkommen haarfrei und schön eingespuckt auf dem Gesicht sitzen.

Stefan geht in der Zwischenzeit zum nächsten Thema über. Wir müssen die Brillen wieder ablegen und bekommen jeder ein Paar Flossen zugeteilt. Dazu müssen wir ihm unsere Schuhgrößen nennen. Zum ersten Mal begreife ich, warum manche Frauen so sehr auf Schuhe abfahren. Die Schuhgröße bleibt immer gleich, selbst wenn man zwei Kleidergrößen zulegt. Ich quetsche meine Füße in die ungewohnten Gummidinger. Kim watschelt kichernd neben mir über den Rasen und singt: »Pitsch-patsch-Pinguin …«

Jemand ruft: »Können wir jetzt endlich mal ins Wasser?«

Ich drehe mich um. Die Stimme kenne ich. Bobby, unser Bobby vom Strandfest!

»Hast du überhaupt schon dein Seepferdchen?«, kontert Kim sofort.

Alle lachen. Stefan hat inzwischen auch Flossen angezogen und steht auf.

Mister Tauchlehrer Markus Kappe stellt sich in Positur. »Wir werden hier natürlich auch einiges an Theorie lernen müssen.«

Dann zeigt er uns das unter Tauchern so wichtige Okay-Zeichen, einen Kreis aus Zeigefinger und Daumen, danach noch die Unterwasserhandzeichen für Abtauchen, Auftauchen, Auf-gleicher-Höhe-bleiben, das Zeichen für Übelkeit und für Ich-habe-keine-Luft-mehr.

Mir ist völlig schleierhaft, wie ich mir diesen ganzen Kram merken soll.

Wir üben noch eine Weile, dann beendet Markus unser Gefuchtel. »Und jetzt kommen wir zur allerwichtigsten Regel überhaupt. Wer kennt sie?«

»Nicht absaufen!« Brüllendes Gelächter, während die Kappe mir einen finsteren Blick zuwirft. Karo, Karo, kannst du nicht *einmal* deine Klappe halten?

»Die wichtigste Tauchregel lautet: Tauche nie allein! Deshalb sucht sich jetzt bitte jeder einen Partner.«

Ich will zu Kim rüberwatscheln, als die sich plötzlich bückt, sich die Flossen von den Füßen reißt und ruft: »Ich muss mal, fangt schon mal ohne mich an.«

Weg ist sie. Mist. Etwas betreten schaue ich mich um und sehe, dass die anderen alle schon einen Partner gefunden haben.

Da kommt Stefan zu mir rüber und legt mir den Arm um die Schultern. »Okay, Karo trainiert mit mir.«

Ich stehe kurz vor einer Ohnmacht. Gerade habe ich noch darüber nachgedacht, wie ich Stefan überhaupt näherkommen kann, und jetzt stehen wir hier Arm in Arm. Da wo Stefan mich berührt, entlädt sich eine Million winziger Blitze.

Täusche ich mich oder wirft Kessi mir einen finsteren Blick zu?

Mister Baseballkappe übernimmt wieder das Kommando. »Geht immer zu zweit zum Beckenrand. Für den Anfang bitte einfach normal ins Wasser gleiten lassen.«

Stefans Arm liegt noch auf meinen Schultern. Ich habe weiche Knie und einen flachen Atem. Nie, nie, nie mehr werde ich mich bewegen, um nur nicht das Risiko einzugehen, dass Stefan seinen Arm da wieder wegnimmt. In Gedanken verspreche ich Kim den größten Eisbecher ihres Lebens für diesen Freundschaftsdienst. Denn mir ist ziemlich schnell klar geworden, dass die Kloaktion nur vorgetäuscht war, damit Stefan mein Trainingspartner wird.

Blöderweise ist jetzt aber auch der Moment gekommen, in dem ich mein T-Shirt ausziehen muss. Wie soll ich das anstellen, ohne dass Stefan mich loslässt?

»Wollen wir?« Stefan schiebt mich sanft in Richtung Becken.

»Ja, gleich.« Ich rücke ein Stück von ihm ab und nestele an meinem T-Shirt.

»Warte, ich helfe dir.« Stefan greift den unteren Rand meines Shirts und zieht es mir über den Kopf. Exakt die gleiche Situation hatte ich doch gestern erst mit Damian im Chat, schießt es mir durch den Kopf. Schnell schiebe ich diesen Gedanken zur Seite. Stefans kurzer Blick in Richtung meines Ausschnitts verrät mir, dass ihm gefällt, was er da sieht. Verlegen schaue ich an ihm vorbei. Ich bin es nicht gewohnt, so offensichtlich angestarrt zu werden. Für einen Moment scheint die Zeit stillzustehen, aber dann bugsiert mich Stefan energisch weiter Richtung Beckenrand.

Ich lasse mich ins Wasser gleiten, Stefan rutscht neben mir ins Becken. Um uns herum sind alle schon wie wild am Strampeln und Flossen ausprobieren. Vorsichtig mache ich auch zwei, drei Beinschläge. Zum Glück kann ich ganz gut schwimmen und beherrsche auch einen einigermaßen sauberen Kraulstil, sodass mir die ungewohnten Bewegungen mit den Flossen nicht allzu schwer fallen.

Erst jetzt sehe ich den Stapel Schwimmbretter, die neben dem Beckenrand liegen. Markus verteilt die Bretter und erklärt uns die nächste Übung. Ein Partner darf sich aufs Brett legen, der andere soll ihn von hinten schieben. Und das nur mit dem Beinschlag.

»So kriegt ihr ein gutes Gespür für die Flossen und tut gleichzeitig etwas für eure Fitness«, ergänzt Stefan und schnappt sich auch gleich ein Brett. »Na, dann mal los.« Er zwinkert mir zu.

Ich soll Stefan durchs Wasser schieben? Wo um Himmels willen soll ich ihn denn anfassen? Vorsichtig umklammere ich seine Waden. Stefan fällt vor Lachen fast vom Brett und mein Herz fängt schneller an zu schlagen. Da dreht Stefan sich auf den Bauch, hält sich mit einer Hand am Brett fest und greift mit der anderen nach meiner Hand und zieht sie an seine Hüften. Mit ausgestreckten Armen hänge ich jetzt an ihm, liege auf seinen Beinen und versuche dabei, mit den

Flossen so etwas wie einen koordinierten Beinschlag hinzubekommen. Ich bin mir sicher, dass das Wasser rings um uns herum gleich anfangen wird zu brodeln, so heiß ist mir gerade.

»Wechsel«, brüllt Markus und Stefan schiebt mich auf das Brett. Und dann liegt er auf mir. Ich höre auf zu atmen und ziehe meinen Bauch ein, so weit das geht. Stefans Hände ruhen auf meiner Hüfte, ich spüre seinen Oberkörper auf meinen Beinen. Die Hitze in meinem Bauch breitet sich weiter aus, zieht in meine Beine und auch dazwischen wird es warm.

Nach zwei weiteren Wechseln verfliegt dieses Gefühl schlagartig und macht einem dicken Krampf in meiner linken Wade Platz. Jaulend zappele ich auf meinem Brett herum, bis Stefan endlich begreift, was los ist. Er schiebt mich blitzschnell zum Beckenrand, springt aus dem Wasser und reicht mir seine Hand.

»Okay, wir machen eine kurze Pause.« Mit diesen Worten drückt Stefan mich auf den Boden und schnappt sich mein Bein, um es zu dehnen, während ich wimmernd auf dem Rasen liege.

Als der Krampf endlich nachlässt, hilft er mir auf die Beine, streicht mir ein paar Grashalme von der Schulter und lässt seine Hand wie unabsichtlich auf meinem Rücken liegen. Dann zieht er mich ein Stück zu sich und bringt dabei seinen Mund ganz dicht an mein Ohr. »Die Wiederbelebungsübungen machen wir ein anderes Mal, okay?«

Ich fange Kims Blick auf. Sie sitzt im Schneidersitz hinter Stefan auf ihrem Handtuch, grinst über das ganze Gesicht und macht ein Victory-Zeichen in meine Richtung.

Elftes Kapitel

FLIEGENPILZE FÜRS BUFFET

»In omni Gallia duo sunt genera hominum nobilium, equites et druides. Na komm, wo ist das Prädikat?« Fragend sieht Alex mich an.

Prädikat. Druiden. Mir ist völlig schleierhaft, wie ich mich nach diesem Vormittag auf Latein konzentrieren soll. Aber wenn ich den Tauchkurs auch weiterhin besuchen will, bleibt mir ja gar nichts anderes übrig. Also, Karo, reiß dich zusammen und such das Prädikat. Was für ein Tag. Auch wenn es zu den Wiederbelebungsübungen heute nicht mehr kam, hat Kim recht. Der Kurs war jetzt schon ein voller Erfolg. Zwar hat Stefan mir nach seiner Massage Kim als Partnerin zugeteilt, aber seine Berührungen wirken immer noch nach.

Ich seufze.

»Was gibt es denn da zu seufzen? Du willst mir doch jetzt nicht ernsthaft sagen, dass du in diesem kurzen Satz kein Prädikat findest?« Alex macht wieder den Trick mit der Augenbraue.

»Äh, doch, natürlich. So viele Verben sind nicht drin, oder?« Einen Versuch ist es wert.

»Kein Kommentar. Wo ist das Prädikat?«

»Ja, wo ist es denn, das Prädikat? Omni. Duo. Sunt. Genera. Ha! Sunt. *Sunt* ist das Prädikat!«

»Das wurde aber auch Zeit. Und weiter?« Alex trommelt mit den Fingern auf den Tisch. Das macht es jetzt irgendwie nicht besser.

»Sunt. Sie sind.«

»Aha. Wer oder was sind? Wo ist das Subjekt?«

Subjekt. Wo ist das Subjekt? Ich könnte ihm sagen, wo das Objekt ist. Zumindest das Objekt meiner Begierde. Ich weiß, es ist dämlich, aber ich muss bei diesem Gedanken kichern.

»Es freut mich ja sehr, dass du die Suche nach dem Subjekt dieses Satzes so lustig findest. Sagst du mir Bescheid, wenn du es gefunden hast, damit ich mitlachen kann?«

Irre ich mich, oder klingt Alex ein wenig genervt? Jetzt reiß dich mal zusammen, Karo. Ich reiße mich zusammen und dann geht es auf einmal. Mit Alex' Hilfe übersetze ich den kompletten öden Text über die Gallier und ihre Druiden und schaffe es dabei, mindestens zwanzig Minuten nicht an Stefan zu denken.

»Okay, ich muss los, meine Bücher warten auf mich.« Alex verstaut seine Unterlagen im Rucksack und schiebt mir mein Lateinbuch zu. »Üb schön, wir sehen uns dann übermorgen wieder.«

Üben? Dafür habe ich gar keine Zeit. Schließlich muss ich doch mit Kim unser Campingwochenende planen. Und meinem Vater muss ich noch verklickern, wie wichtig dieses Wochenende für mich ist. Das wird der schwierigste Teil.

Vorher sollte ich vielleicht mal für ein bisschen gute Stimmung im Hause Schreiber sorgen. Ein Blick auf die Uhr sagt mir, dass Papa noch nicht von der Arbeit zurück ist. Als feststand, dass ich doch für sechs lange Wochen nach Hamburg fahren würde, hat er seinen Urlaub nach hinten verschoben, damit wir nach dem Tauchkurs noch etwas zusammen unternehmen können.

Das hat er zumindest gesagt. Inzwischen bin ich mir aber ziemlich sicher, dass sein verschobener Urlaub mehr mit Anna als mit mir zu tun hat. Anna ist nämlich auch die ganze Zeit mit ihrem Partyservice voll im Stress. Mir soll's recht sein. So bin ich wenigstens weitgehend ungestört hier in der Wohnung. Aber jetzt sollte ich doch mal versuchen, wenigstens Anna zu erwischen.

Ich finde sie wie üblich in der Küche. Sie sitzt am Tisch und schneidet ein Stück Käse in kleine Würfel.

»Hi, Anna.«

»Hallo, Karo.«

Sehr gesprächig ist Anna nicht.

»Das wegen gestern. Es tut mir leid«, versuche ich einen Einstieg in eine Unterhaltung.

»Schon okay. Ich hätte nicht gleich so ausrasten sollen.«

»Ich hab nur Tampons gesucht.«

»Ja, das hat Jochen mir schon gesagt.«

Na klasse, mein Vater konnte mal wieder nicht die Klappe halten. Wie soll ich so mit seiner Schweinemedaillon-Königin warm werden? Ich entscheide gerne selbst, wer über meinen

Monatszyklus Bescheid weiß und wer nicht. Ich greife nach einem Stück Käse und stecke es mir in den Mund.

»Nasch bitte nicht so viel sonst werde ich nie fertig.« Anna fängt an, abwechselnd Käsewürfel und Weintrauben auf kleine Zahnstocher zu spießen.

»Was wird das eigentlich?«

»Ein Käseigel. Typisch Fünfzigerjahre. Die Kunden haben ein Fünfzigerjahre-Buffet bestellt. Käseigel, Tomatenpilze, Mixed Pickels, das ganze Programm.«

»Kann ich dir helfen?«

»Klar, gerne.« Anna scheint sich echt über mein Angebot zu freuen. »Einfach nur immer abwechselnd Käse und Trauben aufspießen und die Spieße dann hier in die Pampelmuse stecken.« Sie zeigt auf eine silberne Kugel, die sie auf einer Glasplatte drapiert hat. Eine Pampelmuse in Alufolie. Vorsichtig bestückt Anna die Silberkugel mit ihren Käsespießchen.

Ich stecke mir noch eine Weintraube in den Mund und fange an, ihr zu helfen. Dabei stelle ich mir vor, ich würde ein Buffet für einen wichtigen Empfang vorbereiten. Einen Empfang für den weltbekannten Forscher Stefan Reuter, persönlich angerichtet von seiner nicht weniger bekannten Ehefrau Karolin Schreiber.

»Karo?«

Erschrocken lasse ich eine Weintraube fallen.

»Du träumst ja beim Arbeiten!« Anna lacht. »Ich hatte dich gefragt, ob dein Tauchkurs Spaß gemacht hat.«

»Ja, sehr. Obwohl wir heute noch nicht getaucht sind. Wir haben erst mal gelernt, mit Flossen und Taucherbrille umzugehen und so. Später kommt dann noch der Schnorchel dazu.«

»Das klingt gut. Tauchen wollte ich auch schon immer mal lernen.« Anna guckt versonnen aus dem Fenster. Als ob sie mit ihren Gedanken ganz woanders ist. »Aber das muss jetzt warten. Irgendwann später hole ich das mal nach …«

Da habe ich ja noch mal Glück gehabt, dass Anna nicht gleich im selben Kurs gelandet ist. Meinem Vater wäre das durchaus zuzutrauen, so im Wege der Familienzusammenführung.

Als der Käseigel fertig ist, helfe ich Anna noch, kleine Fliegenpilze aus jeweils einem hart gekochten Ei als Stiel und einer Kappe aus einer halben Tomate herzustellen. Die weißen Punkte bekommen die Tomaten-Pilzkappen aus der Mayonnaisetube.

»Hast du eigentlich schon einen Freund?«

Fast wäre mir die Mayonnaise runtergefallen. »Was?«

»Ob du schon einen Freund hast. Sorry, dass ich so neugierig bin. Aber mit fünfzehn war ich schrecklich verliebt. Das war eine herrliche Zeit! Er war zwei oder drei Jahre älter als ich und fuhr im gleichen Bus zur Schule. Das heißt, ich fuhr zur Schule und er stieg eine Station vor mir aus. Er machte ein Volontariat bei einer Zeitung. Ich stellte mir immer vor, dass er mal ein weltberühmter Journalist werden und ich ihn auf seinen Reisen begleiten würde.«

Ich starre Anna an. Aus ihrem Mund klang das einfach nur kindisch. Weltberühmter Journalist. Auf Reisen begleiten.

Anna lacht. »Heute ist er klein und dick und arbeitet immer noch bei derselben Zeitung. Ein Käseblatt, von dem er nie weggekommen ist. Gut, dass ich ihn nicht geheiratet habe.« Sie zwinkert mir zu.

Ich würde von Anna jetzt gerne wissen, ob sie mit ihrem Journalisten auch einmal geschlafen hat. Und wie es war, dieses erste Mal?

Schade, dass Anna so ziemlich die Letzte ist, die ich das fragen kann. Anna kommt gleich hinter Papa und Mama. Komisch, dass man die wichtigste Sache der Welt nicht mit seinen eigenen Eltern besprechen kann. Ich wische meine Hände an einem Küchentuch ab und verziehe mich in mein Zimmer. Wozu habe ich schließlich Kim?

»Hi, Süße! Na, wie war Latein?«

Kim muss auf dem Handy gesessen haben, so schnell hat sie abgenommen.

»Kim, bitte tu mir einen Gefallen, und frag mich nicht jedes Mal, wie Latein war. Latein war grässlich, Latein ist grässlich, wird immer grässlich bleiben und wird auch nicht dadurch besser, dass du dauernd fragst.«

»He, komm mal wieder runter. Dann erzähl mir halt von deinem Lateinlehrer. Hat er wieder die Spocknummer durchgezogen?«

»Hat er. Und mehr gibt es dazu auch nicht zu sagen.«

Langsam nervt Kim mich echt mit ihrer Fragerei.

»Hört, hört!«

»Was meinst du mit *hört, hört?*«

Ich weiß wirklich nicht, was Kim meint. Und was sie immer über Alex wissen will, ist mir auch schleierhaft. Okay, für einen Nachhilfelehrer ist er wirklich ganz nett, ich hätte es sicher schlechter treffen können, aber er ist eben einfach nur nett. Und das wiegt die Tatsache, dass er ein Lateinfreak ist, noch lange nicht auf. Außerdem finde ich es nach wie vor absolute Zeitverschwendung, in den Sommerferien so viel Latein üben zu müssen.

Was also soll die ständige Fragerei danach? Mein Interesse gilt einzig und allein Stefan und Kim hat doch … Moment mal. Hat Kim etwa …?

»Kim?«

»Immer noch, ja.«

»Kim, kann es sein, dass du ein ganz spezielles Interesse an meinem Nachhilfelehrer hast? Soll ich dich ihm vielleicht mal vorstellen?«

»Ich? Nein, ganz bestimmt nicht. Ich habe nur an dich gedacht. Schließlich kann es nie schaden, einen Reservespieler zu haben.«

»Reservespieler? Harry Potter in meinem Zelt? Never.«

»Na ja. Schätzungsweise eine Million Mädchen würde alles darum geben.«

Ich kann mir vorstellen, dass Kim gerade über beide Ohren grinst.

»Okay. Ich schenke ihn dir. Können wir jetzt das Thema wechseln? Wann sehen wir uns wieder? Was machen wir heute Abend?«

»Die anderen wollen zum Dom gehen. Hast du Lust?«

»Dom? Ja klasse!« Was für eine Frage. Der Dom ist das größte Volksfest des Nordens, das dreimal jährlich mitten in Hamburg auf dem Heiliggeistfeld stattfindet. Es gibt den Winter-, den Frühlings- und eben auch den Sommerdom. Mit Riesenrad, Zuckerwatte und allem Drum und Dran. Ich sehe mich schon neben Stefan in der Geisterbahn sitzen und mich ängstlich an ihn kuscheln. Er legt seinen Arm um meine Schultern und ich fühle mich sicher und geborgen. Oder er kauft mir ein Lebkuchenherz und schießt mir eine rote Plastikrose, die er mir mit den Worten überreicht: »Für die Frau meiner Träume.«

»Karo, bist du noch dran?«

Ups. »Ja klar. Wann und wo treffen wir uns?« Nachdem auch das geklärt ist, habe ich es plötzlich sehr eilig. Schließlich bleiben mir zum Fertigmachen nur noch knappe zwei Stunden. Das mag reichen, um sich für einen normalen Schulvormittag zu stylen. Aber wenn es darum geht, sich mit Mister Traummann zu treffen, dann ist ein kleines bisschen mehr Aufwand durchaus gerechtfertigt. Finde ich. Ich durchforste meinen Kleiderschrank nach einem passenden Outfit. Einfach ist das nicht.

Ich sollte mich wirklich langsam mal mit Kim um ein paar anständige Klamotten kümmern. Komisch. Zu Hause war mir mein Jeans- und T-Shirt-Schlabberlook meistens gut genug. Klar, für eine Party gebe ich mir auch mal ein bisschen mehr Mühe, aber meistens wird dann nur das T-Shirt gegen ein Top gewechselt.

Mit iPod und Pflegespülung bewaffnet, entere ich das Badezimmer. Nicht, dass es nach dem Tauchkurs zwingend nötig wäre zu duschen, aber ein bisschen Körperpflege kann ja nie schaden.

Ich komme gerade mit einem Handtuch um den Kopf aus dem Bad, als Anna nach mir ruft.

»Karo, könntest du mir eben schnell helfen, die Platten runterzutragen? Ich bin schon so spät dran!«

Klar. So frisch geduscht kann ich mir nichts Besseres vorstellen. Bevor ich meinen Mund auf- und meinen Bademantel zumachen kann, balanciert Anna schon zwei große Platten mit gefüllten Eiern an mir vorbei Richtung Haustür.

»Nimm du am besten die Tomaten, aber sei bitte vorsichtig, dass sie nicht umkippen.« Sie nickt mit dem Kopf in Richtung Küche. Dass ich halbnackt mit offenem Bademantel und einem Handtuch um den Kopf vor ihr stehe, scheint sie gar nicht zu registrieren.

Ich füge mich meinem Schicksal, knote den Gürtel meines Bademantels, so fest es geht, zu und schnappe mir die Fliegenpilztomaten. Langsam, Stufe für Stufe, trage ich sie nach unten, wo Anna mich schon an der offenen Heckklappe ihres Busses erwartet.

»Was sehe ich da, meine Mädels tragen das ganze Essen aus dem Haus, da muss ich heute wohl auswärts speisen!«

Papa biegt fröhlich um die Ecke und gibt Anna einen Kuss auf den Mund.

»Hallo, Karo, gehst du heute als Scheich?« Papa grinst und zeigt auf meinen Handtuchturban. Mir hat er keinen Kuss gegeben.

Anna sprintet wieder los, um die restlichen Platten zu holen.

»Ich geh dann auch mal wieder hoch.« Mit diesen Worten drehe ich mich um.

»Warte mal.« Papa hält mich am Ärmel fest. »Ich dachte, damit wir, also damit Anna und du ...« Jetzt fängt er schon wieder an zu stottern. Ich versuche, mir meine Ungeduld nicht anmerken zu lassen. »Also ich hatte mir überlegt, wenn Anna ihre Platten weggebracht hat und wieder da ist, dann könnten wir doch, also wir alle zusammen, dann könnten wir doch zusammen auf den Dom gehen. Wir könnten dort zu Abend essen und natürlich auch Zuckerwatte und Schokobananen und du und Anna, ihr könntet euch ein bisschen kennenlernen und ...«

»Ich bin schon verabredet. Auf dem Dom. Mit den *Green Fighters.*« Und deine Anna will ich gar nicht kennenlernen, füge ich in Gedanken hinzu. Ich sehe die Enttäuschung in Papas Augen und gucke weg. Ich will nicht als fünftes Rad am Wagen neben Papa und Anna über den Dom schlendern. Ich will nicht zugucken, wie sie Händchen halten oder wie

Papa für Anna ein Lebkuchenherz kauft. Ich will nicht allein hinter ihnen in der Achterbahn sitzen. Und schon gar nicht will ich einen auf glückliche Familie machen. Ohne ein weiteres Wort zu sagen, drehe ich mich um und gehe zurück ins Haus.

Zwölftes Kapitel

ZUCKERWATTE MIT SCHUSS

Pünktlich um achtzehn Uhr stehen Kim und ich vor dem Riesenrad und warten auf die anderen. Ich habe mich für eine normale Jeans entschieden, die schon schön verwaschen ist und die Löcher exakt an den richtigen Stellen hat. Dazu trage ich meinen schwarzen BH – den, der auch als Bikini-Oberteil durchgeht – und zwei Tops, die farblich aufeinander abgestimmt sind. Das untere ist schwarz-grau geringelt und das obere nur schwarz und vorne mit einer kleinen Knopfleiste versehen. Die Knöpfe habe ich offen gelassen, damit es ein wenig lockerer aussieht. Meine roten Haare kommen auf dem schwarzen Stoff richtig gut.

Das Gedränge zwischen den Ständen ist jetzt schon so heftig, dass Kim kurz entschlossen auf eine der Absperrungen steigt, die um das Riesenrad herum aufgebaut worden sind, um sich einen Überblick zu verschaffen.

»Dahinten kommen sie!«

Na endlich. Ich kann vor Aufregung kaum noch stillstehen.

»Ich sehe Bobby, Chrissi und Pascal.« Kim brüllt die Namen zu mir herunter. »Kessi ist auch dabei!«

Kessi. Ich muss an ihren Blick heute Morgen im Schwimmbad denken und bin mir ziemlich sicher, dass ich sie kein bisschen vermisst hätte.

Aber heute bin ich großzügig. Wenn ich erst neben Stefan in der Geisterbahn sitze, kann mir keine Kessi der Welt etwas anhaben.

»Ähm, Süße.« Kim springt von ihrem Beobachtungsposten und landet genau vor meinen Füßen.

»Was gibt's?« Ich versuche, Stefan in der Menge auszumachen.

»Ich habe schlechte Nachrichten für dich.«

»Hm?« Ich bin kurz davor, selbst auf das Podest zu klettern. Wo steckt Stefan denn nur? Inzwischen hat Bobby uns gesehen und winkt uns zu.

»Wo ist Stefan?«, platze ich heraus und hätte mir am liebsten im selben Moment auf die Zunge gebissen.

Kim dreht sich zu mir um. »Das will ich dir ja gerade sagen. Stefan ist nicht dabei.«

Fassungslos starre ich Kim an. Stefan ist nicht dabei? Ja, aber wir wollten uns doch alle hier treffen, oder? Hatte ich da etwas falsch verstanden? Wo ist er denn, wenn er nicht mit den anderen zum Dom gekommen ist? Gestern wollte er noch mit mir ins Kino gehen und heute will er nicht mal mit mir in die Geisterbahn? Ich spüre, wie meine Augen anfangen zu brennen.

»Na los, lasst uns alle zusammen eine Runde Riesenrad fahren.« Kim zieht mich am Ärmel weiter.

Ich habe keine Lust, aber ich mache gute Miene zum bösen Spiel und steige mit den anderen in die Gondel. Kessi wirft sich neben Bobby und stöhnt, sie hätte ja solche Höhenangst, worauf er sie sofort schützend in die Arme nimmt. Chrissi und Pascal haben nicht mal beim Einsteigen ihre Zungen voneinander gelöst. Mit einem Seufzen lasse ich mich gegenüber von Kim auf die Bank fallen.

»He, Karo!« Kim zwinkert mir zu und zieht eine Flasche aus ihrem Rucksack. »Aufgeben gilt nicht. Denk an das Campingwochenende!« Sie schraubt den Deckel ab.

»Was ist das?« Ich starre auf die Flasche, die Kim mir unter die Nase hält. Meine allerbeste Freundin hat ganz offensichtlich den Weinkeller ihres Vaters geplündert. Eigentlich stehe ich nicht auf Alkohol. Klar habe ich mal einen Schluck Sekt an Silvester oder auch mal ein kleines bisschen Weinschorle unter Mamas Aufsicht getrunken, aber dabei ist es bisher immer geblieben. Das Bier am Strand vorgestern war eine Ausnahme.

Aber irgendwann ist schließlich immer das erste Mal, beschließe ich und greife nach dem Weißwein. Er schmeckt süß und ein paar Schlückchen werden schon nicht schaden. Als unsere Gondel endlich den höchsten Punkt erreicht hat, fühle ich mich wunderbar leicht.

»He, lass uns auch noch was drin.« Kessi reißt mir die Flasche aus der Hand und nimmt ebenfalls einen Schluck.

Unsere Gondel schwebt nach unten und ich breite die Arme aus. »Ich fliege!«

»Was die hatte, will ich auch haben!« Bobby grinst und schnappt sich den Wein von Kessi. Dankbar schaue ich Kim an. Meine allerbeste Freundin hat wirklich in jeder Lebenslage die richtige Idee. Jetzt finde ich den Abend ohne Stefan schon wesentlich weniger schlimm. Nach dem Riesenrad fahren wir zusammen Geisterbahn und ich kuschele mich fest an Kim. Kim kichert die ganze Zeit vor sich hin und ich finde sie einfach nur süß.

»Eigentlich sollte ich ja gar keinen Alkohol trinken«, erklärt sie mir und hebt dabei belehrend einen Finger.

Ich schüttele heftig den Kopf. »Nein, das solltest du wirklich nicht. Du bist ein ganz, ganz böses Mädchen. Gib die Flasche mal besser mir!«

Nach der Geisterbahn gehen wir Dosen werfen. Dann in die Achterbahn. Und später Zuckerwatte essen. Ich beobachte, wie Chrissi große Stücke Zuckerwatte abreißt und sie Pascal in den Mund stopft, der danach jedes Mal genüsslich ihren Finger ableckt. Ich denke an Stefans Finger und wie er mich heute Morgen durchs Wasser geschoben hat, und plötzlich will ich ganz dringend noch etwas trinken. Von Zuckerwatte wird man ja auch immer so durstig. Bobby ist schon 17 und besorgt uns eine Runde Bier und nach dem vierten Schluck kann ich endlich wieder an etwas anderes denken als an Stefans Finger. Obwohl ich ja eigentlich gar nicht an etwas anderes denken will. Kim entdeckt einen Obststand und wir stecken uns gegenseitig kandierte Weintrauben und Erdbeeren in den Mund. Auf einmal halten wir alle Schokobananen in den Händen und machen alberne Witze, als Pascal plötzlich ein Kondom aus der Hosentasche fummelt, es auspackt und über Chrissis Banane stülpen will. Wir brüllen vor Lachen. Ich greife wieder nach meiner Bierflasche und kann auf einmal gar nicht mehr verstehen, warum ich vorhin noch nach Hause wollte. Ich taumele ein bisschen und halte mich vorsichtshalber an meinem Nebenmann fest. Ein ziemlich bulliger Typ mit einem braunen Sankt-Pauli-T-Shirt. Der rülpst mir freundlich ins Ohr und schiebt mich zu Kim zurück. Irgendwie sind plötzlich alle so lieb zu mir. Im Moment würde ich sogar Alex ertragen, da bin ich mir ganz sicher. Ich fühle mich ein bisschen wackelig, vielleicht sollte ich mich besser mal setzen. Das kommt bestimmt von der Achterbahn. Vorsichtshalber lasse ich mich auf den Boden sinken. Im Schneidersitz. Sehr elegant. Witzig, wie viele verschiedene Schuhe hier unten so herumlaufen. Ich fange an zu kichern.

»Karo!« Kim rüttelt an meiner Schulter. »Karo, du solltest besser aufstehen.«

Aufstehen? Ich mag aber noch gar nicht aufstehen. Ich fühle mich ganz wohl hier unten zwischen all den Beinen. Oben wackelt alles, hier unten ist es deutlich besser.

»Karo! Bitte! Du kriegst gleich ziemlichen Ärger!« Kim lässt nicht locker.

»Kimmilein, bitte, sei ein Schatz. Lass mich nur fünf Minuten sitzen. Es dreht sich alles gerade so schön.« Ich will Kim zu mir runterziehen, aber die Person, die neben mir steht, ist gar nicht Kim.

»Steh sofort auf! Karolin, würdest du bitte von da unten hochkommen!«

Wieso klingt die Stimme, die von irgendwo oberhalb der fremden Beine zu mir herunterdringt, wie mein Vater? Ich blinzele gegen meinen Drehschwindel an und fühle mich schlagartig nüchtern.

Ich wette, die Chancen, auf dem Hamburger Dom unter Tausenden von Besuchern zufällig seinem Vater in die Arme zu laufen, stehen eins zu einer Million. So was kann wirklich nur mir passieren.

»Wird's bald?«

Papa steht mit verschränkten Armen vor mir und macht keinerlei Anstalten, mir zu helfen. Um uns herum hat sich bereits ein kleiner Kreis aus Neugierigen gebildet.

Ich rappele mich auf und klopfe umständlich ein bisschen Staub von meiner Jeans. Aus den Augenwinkeln sehe ich, dass Kim bedauernd mit den Schultern zuckt. Die anderen haben sich vorsorglich gleich ganz zurückgezogen. Feige Bande. Der Boden schwankt noch ein wenig und ich greife Halt suchend nach Kim.

Worüber habe ich eben noch so gekichert? Ich kann mich beim besten Willen nicht daran erinnern. Überhaupt fällt es mir schwer, meinen Gedanken so etwas wie eine geordnete Richtung zu geben.

Tatsächlich fühle ich mich gerade alles andere als leicht und fröhlich. Papa nimmt mir die Bierflasche aus der Hand und schmeißt sie kommentarlos in die nächste Mülltonne.

He, da war noch Pfand drauf, möchte ich rufen, halte aber nach einem Blick in das Gesicht meines Vaters lieber den Mund.

»Ich besorge dir jetzt ein Taxi und du fährst auf der Stelle nach Hause.« Papa greift nach meinem Oberarm und verhindert damit, dass ich nach hinten kippe.

»Papa, ich ...« Ich würde jetzt gerne irgendetwas Schlaues sagen, aber schon für diese zwei Worte brauche ich eine Ewigkeit. Warum ist das Sprechen auf einmal so schwierig?

»Wir gehen!«

Mit diesen Worten schiebt mich mein Vater Richtung Ausgang. Kein Wort von ihm zu Kim oder zu den anderen. Auch kein weiteres Wort zu mir. Dabei wäre es mir viel lieber, er würde jetzt schimpfen und toben. Dann könnte ich zurückschimpfen und toben und Dampf ablassen.

Dass er mich vor meinen Freunden wie ein kleines Mädchen behandelt, das man einfach ins Bett schicken kann, macht mich total sauer. Plötzlich bin ich heilfroh, dass Stefan nicht hier ist.

Ich blinzele und sehe, dass Anna neben ihm steht. Um ihren Hals baumelt ein Lebkuchenherz mit der Aufschrift: *Meine Zuckerschnecke.* Ich würde gerne laut lachen, aber stattdessen wird mir total schlecht. Kim verabschiedet sich ziemlich schnell und kleinlaut und taucht in der Menge unter.

Als mein Vater tatsächlich ein Taxi heranwinkt, wage ich noch einen Versuch. »Aber es ist doch noch nicht mal zwanzig Uhr!«

»Umso schlimmer. Dann hast du es in gut eineinhalb Stunden geschafft, dich komplett zu betrinken! Los, steig ein!«

Papa gibt dem Taxifahrer Geld und die Anweisung, vor dem Haus zu warten, bis ich sicher hinter der Haustür verschwunden bin. Peinlicher geht's ja kaum. Ich will noch was sagen, aber Papa kommt mir zuvor.

»Du gehst auf der Stelle in dein Zimmer und bleibst da. Wir reden später.« Dann schmeißt er die Wagentür zu und das Taxi fährt los.

»Kotz mir bloß nicht auf den Sitz!« Der Taxifahrer wirft mir einen finsteren Blick durch den Rückspiegel zu.

Ich strecke ihm die Zunge raus.

Chat: *Nixe betritt den Raum*
engelchen: Hi, Nixe.
Damian17: Hallo, Nixe. Das ist ja eine nette Überraschung.
Nixe: Hallo, engelchen. Hallo, Damian.

Mir ist so schlecht. In meinem Kopf dreht sich alles und ich kann kaum einen klaren Gedanken fassen. Vermutlich war es doch keine so gute Idee, Zuckerwatte, Schokobananen und all das süße Zeugs wahllos in mich hineinzustopfen. Okay. Ein wenig zu viel Alkohol hatte ich wohl auch. Ich muss ein bisschen chatten, um mich abzulenken. Außerdem ist es total langweilig hier. Toller Abend, echt. Erst versetzt mich Stefan und dann bekomme ich auch noch Hausarrest.

Nixe: Mir ist schlecht.

Damian17: (flüstert) Pssst, Nixe. Komm ins Sep.

Chat: *Nixe und Damian17 befinden sich im Separee.*

Damian17: Warum ist dir schlecht? Was Falsches gegessen?

Nixe: Willst du CS?

Damian17: Wie bitte?

Nixe: CS. Willst du Cybersex?

Damian17: Ist alles in Ordnung mit dir?

Nixe: Los, küss mich.

Damian17: So eher nicht.

Moah. Warum lässt der sich denn heute so lange bitten? Wir hatten das doch alles schon. Ich will doch nur ein bisschen virtuell Spaß haben. Damit ich endlich an was anderes denken kann. Was Stefan jetzt wohl macht? Nein, nein, nein. Karo. Du willst das nicht wissen. Du wirst jetzt mit Damian chatten und dich ablenken und nicht weiter über Stefan nachdenken.

Nixe: Warum stellst du dich so an?

Damian17: Ich stelle mich nicht an.

Nixe: Tust du.

Damian17: Was willst du eigentlich?

Nixe: Ich will knutschen.

Damian17: So geht das nicht.

Nixe: Wieso geht das so nicht? **tastensuch**

Damian17: Was ist mit den Tasten?

Nixe: Die wackeln so.

Damian17: Die wackeln?

Nixe: ...

Damian17: Ich fasse es nicht.

Nixe: Warte!! Muss kurz zum Klo!

Mein Magen möchte auch mitreden. Ich renne aus dem Zimmer und schaffe es gerade noch rechtzeitig zur Toilette. Das ist einfach nur eklig. Als mein Magen endlich leer ist, fühle ich mich auf einmal auch sonst ganz leer. Alle Welt hat mich verlassen, keiner ist mehr lieb zu mir. Sogar Damian war schon wesentlich netter. Ich bin kurz davor, aus lauter Frust die Kloschüssel, vor der ich gerade knie, zu umarmen, um mich trösten zu lassen, aber ich kriege gerade noch rechtzeitig die Kurve und stehe auf. Im Hinausgehen werfe ich einen Blick in den Badezimmerspiegel. »Geschieht dir ganz recht«, fauche ich mein völlig verheultes und verrotztes Spiegelbild an. »Guck doch nur mal, wie du aussiehst.«

Mein Spiegelbild streckt mir die Zunge raus und murmelt irgendwas Hässliches zurück.

Als ich wieder in meinem Zimmer bin, wartet Damian noch im Sep.

Nixe: Wieder da.

Damian17: Besser jetzt?

Nixe: Ja.

Damian17: Du bist betrunken.

Nixe: …

Damian17: Keine Antwort ist auch eine.

Nixe: Nur ein bisschen.

Damian17: Offensichtlich genug.

Nixe: …

Damian17: Wie viel?

Nixe: Ich weiß nicht …

Damian17: Ich geh jetzt raus hier. Du solltest dich ins Bett hauen.

Nixe: Du willst schon gehen? Es ist doch noch total früh.

Damian17: **schulterzuck**

Nixe: Los, küss mich.

Damia17: Du hast gerade gekotzt! Nicht wirklich lecker, oder?

Nixe: Na und. Du sollst mich doch nur virtuell küssen. **Mund hinhalt**

Damian17: Ich denke ja nicht daran.

Nixe: Bitte, bitte, bitte, bitte, bitte.

Damian17: Werde erst mal wieder nüchtern.

Nixe: Sei doch nicht so streng. *Bettelblick*

Damian17: Keine Chance. Gute Nacht.

Nixe: He, warte!

Chat: *Damian17 verlässt das Separee und den Chat.*

Fassungslos starre ich auf den Monitor. Das ist nicht sein Ernst! Der lässt mich doch jetzt nicht wirklich hier sitzen, nur weil ich ein bisschen was getrunken habe? Hallo? Mister Moralapostel Damian? Mein Blick fällt auf die Uhr. Es ist gerade mal 21 Uhr. Draußen ist es noch nicht mal ganz dunkel. Es sind Sommerferien. Ich werde bald 16. Und ich bin immer noch Jungfrau. Statt etwas gegen diesen Zustand zu unternehmen, sitze ich hier in meinem Zimmer, von aller Welt verlassen, langweile mich zu Tode und warte darauf, dass mein Vater mit schlechter Laune nach Hause kommt? Diese Sommerferien scheinen echt ausbaufähig zu sein.

Dreizehntes Kapitel

VON PILLEN UND ANDEREN NEBENWIRKUNGEN

F wie **F**rauenarzt: *Spezialist für Frauenheilkunde (Gynäkologe) und ein Schreckgespenst für viele, die noch nicht dort waren.* Manche der *200 Wahrheiten über dich und die Liebe* sollte ich besser nicht lesen.

Schreckgespenst trifft es ziemlich gut. Obwohl Kim mir bestimmt zwanzigmal versichert hat, dass ihre Frauenärztin eine total nette ist und ich mir wirklich keine Sorgen machen muss, bin ich nervös. Ich sehe ein, dass das Thema Verhütung für mein Vorhaben wichtig ist, aber irgendwie wäre es mir lieber gewesen, ich hätte die Pille wie eine Schachtel Hustenbonbons in einer Drogerie kaufen können. Leider ganz und gar undenkbar. Aber was sagt man, wenn man die Pille haben möchte? *Guten Tag, ich habe zwar noch keinen festen Freund, aber plane demnächst ein Sexwochenende am Strand und bin noch zu jung für ein Baby. Guten Tag, ich will Sex und brauche die Pille. Guten Tag, können Sie mir bitte die Pille verschreiben, ich bin bald 16 und will allzeit geschützt sein.*

Ich habe die halbe Nacht über einen Einleitungssatz nachgedacht, aber mir ist nichts Gutes eingefallen. Das lag unter anderem daran, dass ich kurz vorm Zubettgehen noch das

Hohe Gericht meines Vaters über mich ergehen lassen musste. Er hat mir einen langen Vortrag über Alkohol im Allgemeinen und Alkohol im Besonderen gehalten, wobei das Besondere in meinem Fall war, dass ich mit 15 noch gar keinen Alkohol trinken darf. Er redete ziemlich viel von Verantwortung und Vertrauen und von meinem Benehmen in der Öffentlichkeit. Ich habe ihm einfach zugehört, ohne ihn zu unterbrechen, denn ich wollte ihn nicht noch mehr reizen.

»Ich bin enttäuscht von dir, Karolin. Sehr enttäuscht.«

Ich hasse es, wenn mein Vater sagt, dass er enttäuscht von mir ist. Er kann wütend sein und sauer und verärgert. Aber nicht enttäuscht. Das macht mich jedes Mal ganz hilflos.

»Du wirst den Rest dieser Woche abends ab sechs Uhr zu Hause sein. Am Wochenende sehen wir weiter.« Mit diesen Worten beendete er seine lange Rede und wandte sich zum Gehen.

Den Rest der Woche? Bis zum Wochenende? Heute war erst Dienstag, das bedeutete mindestens drei langweilige Abende zu Hause in meinem Zimmer, statt mit den anderen am Strand zusammen zu sein. Ich wollte protestieren, aber mein Vater hatte mit einem recht unfreundlichen »Gute Nacht« schon die Tür hinter sich geschlossen. Wütend fegte ich *Die 200 Wahrheiten über dich und die Liebe* von meinem Bett auf den Fußboden. Was sollte ich mit einem Ratgeber in Sachen Liebe, wenn ich dazu verdonnert war, in meinem Zimmer zu verrotten?

Am Morgen rief Kim an und sagte mir, ich könnte ihren Frauenarzttermin übernehmen, da sie kurzfristig ihrem Vater helfen musste. Meine Ausrede, dass Verhütung derzeit kein Thema mehr war, ließ Kim nicht durchgehen, schließlich ist mein Hausarrest ja a) nur auf den Abend beschränkt und b) von kurzer Dauer und kann c) vielleicht auch noch abgemildert werden. Auf jeden Fall sei es besser, sich rechtzeitig mit dem Thema Verhütung zu befassen, erklärte sie mir. Und ich gab ihr recht. Aber jetzt ist mir doch mulmig.

Beherzt drücke ich die Klinke zur Frauenarztpraxis Dr. Keilig-Bodenburg herunter. Im Vorraum der Praxis sitzen fünf Frauen. Zwei davon sind unübersehbar schwanger, die anderen drei sind mindestens so alt wie meine Mutter. Nein. Älter. Am liebsten würde ich sofort wieder gehen, aber da hat mich die Arzthelferin an der Annahme schon entdeckt.

»Hallo, hast du einen Termin?«

»Äh, ja, ich meine nein, meine Freundin Kim hatte einen und weil sie nicht konnte …« Karo, reiß dich zusammen und hör auf zu stottern.

»Ach ja, ich weiß Bescheid. Karolin Schreiber, nicht wahr? Deine Freundin hat angerufen und Bescheid gesagt. Du kommst wegen einer Beratung, richtig?« Fünf Frauenköpfe zucken hoch und starren mich an.

»Ja, richtig, Karolin Schreiber. Hier ist mein Kärtchen.« Schnell schiebe ich das Krankenkassenkärtchen über den Tresen.

»Hast du eine Einverständniserklärung dabei?«

»Eine was?«

»Eine Einverständniserklärung. Von deinen Eltern. Wenn du noch keine 16 bist und die Pille willst, dann müssen sie einverstanden sein.«

Ich fühle, wie ich rot werde. »Ach so, ja, nein, das habe ich gar nicht gewusst. Ich …«

Missbilligendes fünffaches Kopfschütteln.

Die beiden älteren Damen durchbohren mich mit ihren Blicken. Mist. Davon hat Kim nichts gesagt. Wenn man für die Pille wirklich eine Einverständniserklärung braucht, kann ich das abhaken. Ich geh im Leben nicht zu meinem Vater und sag ihm: Du Papa, da ist ja dieses Zeltwochenende in den Ferien. Da darf ich doch hin, oder? Ach ja, und wenn du so lieb sein würdest, mir gleich die Einverständniserklärung für die Pille zu unterschreiben? Die brauche ich da nämlich dringend …

Die Sprechstundenhilfe greift nach ihrem Kalender.

»Na, das macht nichts. Setz dich erst mal hin. Heute geht es ja sowieso nur um ein Gespräch. Kann aber noch fünf Minuten dauern, okay?«

Erleichtert suche ich mir einen freien Platz. Ich nehme einen direkt neben dem Garderobenständer. Hinter den Jacken fühle ich mich wenigstens ein bisschen geschützt. Die beiden älteren Damen beobachten jede meiner Bewegungen mit verkniffenen Blicken. Am liebsten würde ich mir jetzt meinen iPod ins Ohr stöpseln, aber dann höre ich vielleicht nicht, wenn ich aufgerufen werde. Verstohlen hole ich mein

Handy aus der Tasche und lese noch mal Kims SMS von heute Morgen. *Dein Horoskop: Dieser Tag wird voller Überraschungen sein!*

»Handys sind hier nicht erlaubt«, keift eine Stimme von schräg gegenüber. Schnell stecke ich das Telefon wieder weg und greife stattdessen zu einer der Zeitschriften, die auf dem Tischchen vor mir ausgebreitet liegen. *Windel ist nicht gleich Windel. Der große Test mit Gewinnspiel.* Nicht mein Thema. Ich suche weiter. *Wechseljahre sind keine Krankheit. So kleiden Sie sich richtig in der Menopause.* Örks. Auch dieses Heft wandert zurück auf den Tisch. Versuchsweise schließe ich die Augen. Vielleicht kann ich mich ja für ein paar Minuten in meinen Lieblingstraum versetzen.

»Also wenn das meine Tochter wäre ...«

»So jung und schon die Pille. Das sollte verboten werden.« Ich reiße die Augen wieder auf. Schlagartig verstummen die Stimmen von gegenüber. Aus einem der Zimmer kommt eine Frau mit kurzen grauen Haaren, weißen Jeans und einem weißen Sweatshirt geschossen. Sie sieht ein bisschen aus wie aus einer Waschmittelwerbung. Weiß, sportlich, frisch.

»Frau Lein, stellen Sie mir bitte eben einen neuen Mutterpass für die Patientin aus!« Die Frau in den weißen Jeans wirft der Sprechstundenhilfe eine Karteikarte auf den Tresen und eilt weiter. Frau Dr. Keilig-Bodenburg im Einsatz.

Fünf paar Augen schwirren zur Annahme. Ein Baby. Eine neue Schwangere. Diese zukünftige Mutterpassbesitzerin, von der noch nichts zu sehen ist, hat offensichtlich gerade irgendein geheimes Aufnahmeritual der Patientinnen von Frau Dr. Keilig-Bodenburg bestanden und wird jetzt mit leuchtenden Augen und einem runden freundlichen Lächeln von den anwesenden Müttern und Großmüttern erwartet. Ich versuche es mit einer neuen Zeitschrift. *Die 25 beliebtesten Vornamen. Sie haben die Qual der Wahl.* Karolin steht nicht auf der Liste. Stefan ebenfalls nicht. Stefan. Ob er zu schätzen weiß, was ich hier alles auf mich nehme für eine romantische Nacht mit ihm? Ich fühle wieder seine Hände an meiner Hüfte, als er mich durchs Wasser schiebt, und höre sein Versprechen, das er mir ins Ohr flüstert. Später. Wann dieses »später« wohl sein wird? Morgen findet der nächste Tauchkurs statt. Hoffentlich darf ich daran teilnehmen.

»Herzlichen Glückwunsch, Frau Jung. Alles ist in bester Ordnung. Hier ist Ihr Mutterpass, bitte führen Sie den jetzt immer mit sich. Und kommen Sie in vier Wochen zur nächsten Vorsorgeuntersuchung.«

Fünfstimmiges glückliches Seufzen.

Ich konzentriere mich angestrengt auf die 25 beliebtesten Vornamen.

»Danke, ja, das mache ich. Entschuldigung, ich bin ein bisschen durcheinander. Das ist alles noch so neu für mich.« Ich fühle förmlich nachsichtiges Lächeln auf fünf Gesichtern.

»Aber sicher, Frau Jung. Jetzt wollen Sie ja bestimmt erst mal den glücklichen Vater informieren. Und zum ersten Ultraschall bringen Sie ihn gerne mit, ja?«

Das fünfstimmige Seufzen wird lauter.

»Das muss ich Jochen … ich meine, das muss ich meinem Mann … ich wollte sagen, ich muss es ihm erst schonend beibringen.«

Allgemeines Luftanhalten im Wartezimmer. Auch ich kann nicht atmen. Jochen? Frau Jung? Anna Jung? Ich wage einen ganz kurzen Blick über den Rand meiner Zeitschrift und mein Herz fängt wie wild an zu schlagen. Klopf, klopf, klopf. Mir wird heiß. Dann kalt. Am Tresen bei der Sprechstundenhilfe steht Anna. Anna Jung, Partyservice. Das Schweinemedaillon meines Vaters. Und Anna Jung ist schwanger. So muss es sich anfühlen, wenn die Erde bebt und die Welt untergeht. Auf einmal ist mir einfach nur schlecht. Richtig schlecht. Nicht zu vergleichen mit der Übelkeit von gestern Abend. Bitte, bitte mach, dass das alles nicht wahr ist. Die Tränen schießen mir aus den Augen und laufen über mein Gesicht. Die glückliche Schwangere hat inzwischen die Arztpraxis verlassen. Fünf besorgte Paar Augen wenden sich jetzt mir zu.

»Alles in Ordnung, Kindchen?«

Eine Hand tätschelt mein Knie. »Kein Mann der Welt ist das wert.«

Ich muss hier raus. Keine Minute länger halte ich es in dieser Arztpraxis aus. Ich werfe die Zeitschrift zurück auf den Tisch und stopfe mein Handy in die Jeanstasche.

»Karolin Schreiber, bitte!«

»Mir ist schlecht!«, rufe ich noch über die Schulter und stürze aus der Praxis. Von Anna ist zum Glück weit und breit nichts mehr zu sehen. Ziellos laufe ich durch die Straßen. Anna ist schwanger. Anna bekommt ein Baby. Papa bekommt ein Baby. Der Satz klopft und hämmert in meinem Kopf, dass ich Angst habe, mein Schädel zerspringt mir. Papa bekommt ein Baby. Papa bekommt ein Kind. Erst hat Papa sich eine neue Frau gesucht, jetzt bekommt er ein neues Kind. Wir waren eine Familie. Mama, Papa und ich. Plötzlich muss ich an Damian denken. *Es ist schön, eine kleine Schwester zu haben.* Eine kleine Schwester. Ich kriege eine kleine Schwester. Oder einen kleinen Bruder. Ich will keine Schwester und auch keinen Bruder. Es ist nicht schön. Es ist ganz und gar nicht schön. Es ist scheiße, scheiße, scheiße! Ich wünschte, ich wäre niemals nach Hamburg gefahren. Ich wünschte, ich hätte Anna niemals kennengelernt. Ich wünschte, Papa hätte Anna niemals kennengelernt. Ich wünschte, ich wäre mit Mama nach Mallorca gefahren.

»He, pass doch auf.«

»Sorry, hab dich nicht gesehen.« Ich reibe mir die Schulter, als ein Fahrradlenker mich streift. Dann greife ich zum Handy und gebe Kims Nummer ein. Mist. Die Mailbox. »Kim? Karo hier. Kim, ruf mich zurück, wenn du kannst. Bitte.«

Ich laufe noch mindestens zwei Stunden durch die Stadt, bevor ich mich nach Hause traue. Nach Hause. Eine Zeit lang hat das geklappt. Eine Zeit lang konnte ich mir einreden, ich wäre auch hier zu Hause. Bei Papa. Wenigstens ein bisschen. In diesem Sommer funktioniert das nicht mehr. Das ist nicht mein Zuhause. Das ist Papas und Annas Zuhause. Und bald das Zuhause von dem neuen Baby.

Wahllos stopfe ich Sachen in meinen Rucksack. Ich will nur weg. Anna ist zum Glück nicht da, Papa auch nicht. Ob er schon Bescheid weiß? Vielleicht suchen sie gerade ein Kinderzimmer zusammen aus? Ich schaue mich um. Das ist mein Zimmer. Falsch, Karo. Das *war* dein Zimmer. Nächsten Sommer wird hier ein Gitterbett stehen, ein Mobile von der Decke baumeln und die Wände werden mit kleinen Feen oder Lokomotiven beklebt sein. Warum ruft Kim nicht an? Ich schnappe meinen Rucksack. Und jetzt? Mein Blick fällt auf das Zelt, das immer noch eingepackt auf dem Fußboden liegt. Das Campingwochenende. Ich hatte mich so sehr darauf gefreut. Wenn ich jetzt abhaue, kann ich Stefan vergessen. Und wohin kann ich überhaupt fahren? Nach Frankfurt? Wenn Mama erfährt, dass ich allein zu Hause bin, schickt sie mir sofort eine ihrer grässlichen Freundinnen auf den Hals. Darauf kann ich auch verzichten. Kim. Sie ist meine einzige Rettung. Vielleicht kann ich den Rest der Ferien bei ihr wohnen. Dann kann ich weiter zum Tauchen gehen und an dem Campingwochenende teilnehmen.

Auf dem Küchentisch liegt der Block für die Einkaufszettel. Ich reiße ein Blatt ab und kritzele ein paar Zeilen darauf: *Bin bei Kim. Werde dort übernachten. Gruß K.*

Jetzt habe ich vielleicht erst mal ein paar Tage Ruhe. Ich hoffe einfach, dass die Neuigkeiten Papa so aus den Schuhen hauen werden, dass mein Hausarrest nebensächlich ist.

Als ich eine halbe Stunde später vor dem Restaurant stehe, ist es geschlossen. Klar, die machen in der Woche erst am Abend auf. Ich laufe um das Haus herum und klingele an der Tür zur Privatwohnung, wo Kim mit ihren Eltern, ihren beiden älteren Brüder und ihrer Oma lebt – der Rest der Großfamilie wohnt woanders, auch wenn Kims Onkel, Tanten und Cousinen ständig dort herumschwirren. Kim ist von dem Trubel oft genervt. Sie hat zwar ein eigenes Zimmer, aber auch da rennt dauernd jemand rein und will irgendetwas von ihr. Und alles, wirklich alles in dieser Familie, dreht sich um das Restaurant. Es ist Kims Mutter, die mir die Tür öffnet und mir erklärt, dass Kim nicht zu Hause ist. Sie ist mit ihrem Vater und einem Bruder unterwegs zum Großeinkauf.

»Du kannst aber gerne warten«, bietet sie mir an und zeigt auf Kims Zimmer. Da mir sowieso nichts anderes übrig bleibt, werfe ich meinen Rucksack auf Kims Bett und setze mich auf den Boden. Und warte.

Draußen vor der Tür höre ich immer wieder Schritte, Stimmen, Klappern. Irgendjemand scheint in dieser Wohnung ständig von A nach B zu laufen und dabei jemanden im Flur zu treffen, der gerade von B nach A läuft. Offensichtlich weiß außer Kims Mutter niemand, dass ich hier bin, jedenfalls wird Kims Zimmertür nicht ein einziges Mal aufgerissen, und das ist echt ungewöhnlich. Ich wünschte nur, Kim wäre endlich zurück und wir könnten reden. Die Gedanken in meinem Kopf hören nicht auf, sich im Kreis zu drehen. Papa, Anna, Baby, Mama, Mallorca, Papa, Baby, Anna. Ich muss irgendetwas tun. Wenn ich hier noch länger herumsitze und die Wand anstarre, die Kim übrigens von oben bis unten mit ausgeschnittenen Bildern von Walen beklebt hat, dann drehe ich durch.

Ich zerre mein Notebook aus dem Rucksack und logge mich ins Internet ein. Zum Glück habe ich Kims WLAN-Daten noch vom letzten Sommer gespeichert.

Chat: *Nixe betritt den Raum*
engelchen: Hi, Nixe.
Nixe: Hi, engelchen. Hier ist ja gar nix los heute.
engelchen: Ist noch zu früh. Die anderen kommen später.
Nixe: Okay. Dann warte ich mal.
Chat: *quark15 betritt den Raum*
quark15: Hallo an alle. Ist ja tote Hose hier.
engelchen: Hi, quark15. Wenn du es sagst …
quark15: Ich geh dann mal wieder.
engelchen: Und tschüss.

Warum tu ich mir das an?

Chat: Damian17 betritt den Raum
Nixe: Hi, Damian! **freu**
engelchen: Hi, Damian!
Damian17: Hallo, ihr zwei Hübschen.

Ihr zwei Hübschen. Nerv. Damian gehört mir. Engelchen soll bloß die Finger von ihm lassen. Karo? Hallo? Was denke ich da? Was interessiert mich dieser Damian?

Damian17: (flüstert) Pssst, Nixe. Lust auf Sep?
Nixe: (flüstert) Pssst, Damian17. Ja. Gerne!
Chat: *Nixe und Damian17 befinden sich im Separee.*

Na bitte. Geht doch!

Damian17: Geht es dir besser heute?
Nixe: Nein, kein bisschen.
Damian17: Das tut mir leid. Ärger bekommen?
Nixe: Ja, ziemlich.
Damian17: Na ja, du hast es ja offensichtlich überlebt.
Nixe: Ja. Offensichtlich.

Begreift der eigentlich nicht, dass ich jetzt keine Lust habe, über meinen Vater und meinen Ärger mit ihm zu reden? Ich setze mich doch nicht hierhin und erzähle Damian, dass ich eigentlich Hausarrest habe wie ein kleines Kind. Wie peinlich ist das denn?

Damian17: Was machst du so früh im Chat?
Nixe: Das Gleiche könnte ich dich fragen.
Damian17: Ich hatte Zeit und mir war langweilig.
Nixe: Dito.

Damian17: Wie war dein Tag? Keine Nachhilfe?
Nixe: Frag besser nicht. Und nein, Nachhilfe erst morgen wieder.
Damian17: Ich frag aber. Wie war dein Tag?
Nixe: Scheiße.
Damian17: Ups!
Nixe: Sorry. Aber stimmt halt.
Damian17: Willst du drüber reden? **setzt sich aufs Sofa und hört zu**
Nixe: Welches Sofa?
Damian17: **gg** Ein virtuelles Sofa. Sehr gut zum Reden, Zuhören und Kuscheln.
Nixe: Ich mag nicht kuscheln.
Damian17: Gestern wolltest du noch viel mehr. **grins**
Nixe: Blödmann.
Damian17: Für dich immer wieder gerne. Magst du reden?

Seufz. Irgendwie läuft heute aber auch nichts richtig. Was soll ich Damian denn erzählen? Damian, der glücklich ist, eine 15 Jahre jüngere Schwester zu haben, und der es auch nicht schlimm findet, dass ihm mit dieser Schwester gleichzeitig ein neuer Vater serviert worden ist.

Nixe: Ich weiß nicht, was ich sagen soll.
Damian17: Ist es so schlimm oder so kompliziert?
Nixe: Beides. Kompliziert und schlimm.
Damian17: Kompliziert macht nichts. Ich liebe Knobelaufgaben.
Nixe: Wir kriegen ein Baby.

Damian17: ...
Nixe: Nein, ich meine, die Freundin meines Vaters kriegt ein Baby.
Damian17: Oh.
Nixe: Ja. Oh.
Damian17: Du klingst nicht sehr begeistert.

Begeistert? Bei diesem Wort platzt etwas in mir und ich schreibe. Ich schreibe ohne Unterbrechung und kann gar nicht mehr aufhören. Ich erzähle Damian von Mama und Papa und von mir und davon, wie das war, als Papa plötzlich nicht mehr bei uns leben wollte. Davon, wie meine Eltern nur noch gestritten haben, und von meiner Angst, dass einer von ihnen gehen könnte. Ich erzähle ihm von Anna und wie es sich anfühlt, dass überall in der Wohnung auf einmal Anna ist. Und dann erzähle ich ihm von dem Baby und dass ich überhaupt nicht mehr weiß, wo ich eigentlich hingehöre. Ich schreibe und schreibe und schreibe und Damian sagt gar nichts. In meinem Hals steckt ein dicker Kloß, den ich nicht runterschlucken kann, so sehr ich es auch versuche, und dann plötzlich laufen mir Tränen über das Gesicht und tropfen auf meine Finger und meine Tastatur. Ich höre auf zu tippen, um in meinem Rucksack nach Taschentüchern zu suchen. Als ich sie endlich finde, wische ich mir damit über das Gesicht und starre entsetzt auf den Monitor. Damian hat seit einer Ewigkeit nichts mehr gesagt, aber der ganze Bildschirm ist voller Text. Vermutlich habe ich ihn jetzt ein für alle Mal aus dem Chat vertrieben.

Damian17: Hallo, Kleine, noch da?

Ich schluchze auf. Kleine. So hat mich bisher nur Papa genannt. Ich wische mit dem Ärmel über mein Gesicht.

Nixe: Ja, noch da.
Damian17: Ich würde dich jetzt gerne in den Arm nehmen.
Nixe: Dann tu's doch.
Damian17: Ich meine real.
Nixe: ...
Damian17: Schon okay. Und jetzt?
Nixe: Keine Ahnung. Papa wird Anna heiraten, die beiden werden ein Kind kriegen, ich fahre wieder nach Hause zu Mama und das war's. **schulterzuck**
Damian17: Weißt du, was schön ist?
Nixe: Gar nichts.
Damian17: Doch. Schön ist, dass wir auch weiter chatten können, wenn du wieder zu Hause bist.

Ich ziehe meine Nase hoch. So langsam beruhige ich mich wieder. Damian hat recht. Der Gedanke daran, dass wir auch nach den Ferien weiter Kontakt haben können, ist wirklich irgendwie tröstlich.

Damian17: Schade, dass wir keine Webcam haben.
Nixe: Schade? Sei froh!
Damian17: Warum?

Nixe: Weil ich aussehe wie ein verheultes Monster. Du würdest schreiend davonlaufen.

Damian17: Würde ich nicht.

Nixe: Würdest du doch.

Damian17: Du siehst bestimmt ganz süß aus mit deiner Rotznase.

Nixe: Rotznase? Na warte!

Damian17: **wartet**

Wider Willen muss ich lachen. Und plötzlich wüsste ich gerne, wie Damian aussieht. Vor meinem inneren Auge erscheint ein Bild. Ein Junge mit dunklen Haaren und einer Brille. Trägt Damian eine Brille? Verwirrt schüttele ich den Kopf.

»Karo, he, was machst du denn hier?« Kim fällt mit einem Arm voller Wäsche ins Zimmer.

Schnell verabschiede ich mich von Damian und logge mich aus dem Chat aus.

Erschöpft lässt sich Kim neben mich aufs Bett fallen. »Wir wollten uns doch erst später am Strand treffen.« Ihr Blick fällt auf meinen Rucksack. »Bist du abgehauen?« Sie zwinkert mir zu.

»So in etwa, ja.« Ich hole Luft. »Kim, kann ich den Rest der Ferien bei dir wohnen?«

»Bei mir? Äh, klar, ich meine, nein, wo willst du denn hier schlafen?«

»Auf dem Fußboden, Isomatte und Schlafsack habe ich dabei.« Ich merke, wie der Kloß von vorhin in meinen

Hals zurückkommt, und schlucke und schlucke. Jetzt bloß nicht wieder heulen, einmal reicht für heute, denke ich und schließe die Augen. Aber da ist es schon zu spät. Ich spüre, wie sich mindestens eine Träne einen Weg durch meine Wimpern bahnt und mir über das Gesicht rollt.

»Karo, he, du weinst ja? Was ist passiert?«

»Ich war doch heute Morgen bei dieser Dr. Keilig-Bodenburg«, schniefe ich.

»Ja, und?« Kim wirkt plötzlich hellwach. »Was hat sie gesagt? War sie nicht nett zu dir?«

»Doch, nein, ich meine, ich war gar nicht bei ihr in der Sprechstunde. Ich bin vorher weggegangen.«

Kim guckt mich verständnislos an. »Warum das denn? Warst du zu feige?«

»Nein.« Ich hole tief Luft. »Anna war da. Sie hat mich aber nicht gesehen.«

»Anna? Welche Anna?«

»Anna Jung, die neue Freundin meines Vaters.«

»Ach so, die Anna. Na ja, warum sollte sie nicht auch zum Frauenarzt gehen und sich um ihre Verhütung kümmern. Und wenn sie dich nicht gesehen hat, ist doch alles in Ordnung.«

»Das ist es ja gerade.« Jetzt kann ich meine Tränen nicht mehr zurückhalten. »Anna hat sich nicht um ihre Verhütung gekümmert! Anna ist schwanger. Verstehst du? Die haben nicht verhütet! Anna bekommt ein Baby. Mein Vater bekommt ein Baby! Die gründen eine Familie. Dass es mich gibt, ist ihnen vollkommen egal. Mich kann man ja nach Frankfurt zurückschicken.«

»Scheiße!«

Ich nicke. Meine allerbeste Freundin Kim hat es auf den Punkt gebracht.

Vierzehntes Kapitel

GEBRATENE NUDELN HELFEN IMMER

Zum zweiten Mal an diesem Tag fließen Tränen und Worte gleichzeitig aus mir heraus. Ich rede und rede und schluchze und schluchze. Der Unterschied ist diesmal nur, dass Kim meine Rotznase sehen kann. Und sie kann mich in den Arm nehmen. Sie *könnte* mich in den Arm nehmen.

Plötzlich fällt mir auf, dass Kim wie versteinert dasitzt und aus dem Fenster starrt.

»Kim?«

Keine Antwort.

»Kim, hast du mir überhaupt zugehört?«

Kim reagiert nicht. Ich fasse es nicht. Da lege ich meiner allerbesten Freundin quasi mein ganzes vermurkstes Innenleben vor die Füße und sie hört mir nicht mal zu. Ich weiß vor Schreck gar nicht, ob ich darüber traurig oder wütend sein soll.

»Kim? Es tut mir leid, wenn ich dir mit meinem Geheule auf den Wecker falle. Aber mir geht's echt beschissen. Kim?« Meine Freundin dreht den Kopf zu mir und sieht mich an. Ihre Augen glänzen. »Kim?« So kenne ich sie ja gar nicht. »Kim, was ist los?«

Sie schluckt. »Zwischen mir … und Leon ist was gelaufen!« Kims Wimperntusche zieht schwarze Streifen über ihr Gesicht.

Ich komme im Moment nicht mehr ganz mit. Leon? Welcher Leon? Hektisch durchforste ich mein Gedächtnis. Hat Kim mir irgendetwas von einem Leon erzählt?

Mist. Mir fällt nichts ein. Ich lege eine Hand auf ihre Schulter. »Ähm, Kim, welcher Leon?« Ich traue mich kaum zu fragen.

Kims Tränen fließen stärker. »Leon halt. Dragonheart. Sein richtiger Name ist Leon.«

Ach so. Erst mal bin ich erleichtert. Das habe ich definitiv nicht gewusst.

»Hat er Schluss gemacht?«

Kim starrt mich an. Dann schüttelt sie den Kopf. Irgendwie stehe ich wohl komplett auf dem Schlauch. Ich verstehe nur Bahnhof. »Kannst du mir nicht endlich mal sagen, was eigentlich los ist? Dragonheart heißt Leon. Na und? Es gibt Schlimmeres. Schluss gemacht hat er auch nicht. Was um alles in der Welt ist dann passiert?« Langsam verliere ich die Geduld.

Kim schluckt. Wischt sich mit einem Zipfel ihrer Bettdecke über das Gesicht und verschmiert die Wimperntusche. »Ich bin schwanger.«

Ich starre Kim an und sie fängt wieder an zu weinen. In meinem Kopf beginnt wieder die Spirale. Anna, Baby, Papa, Kim, Baby, Anna, Papa, Kim.

»Kim, das ist ... Wie kann ... Woher willst du wissen ...?«

Scheiße. Ich habe keine Ahnung, was ich jetzt sagen soll. Außer diesem Gestammel fällt mir nichts ein. Mein Kopf ist leer – nur ein riesengroßes Vakuum.

»Wir haben uns getroffen, Dragonheart, ich meine Leon und ich.« Kim spricht so leise, dass ich sie kaum verstehen kann. »Schon vor den Sommerferien. Du weißt doch, ich habe dir diese SMS mit *Bingo!* geschickt ... «

»Ja, aber du hast gesagt, das war alles nur virtuell. Wie kannst du dann glauben, dass du schwanger bist?«

»Wir haben uns real getroffen, Karo! Real! Kapierst du das denn nicht? Du warst nur so ... so ... ach, ich hatte einfach Angst, dass du sauer bist, wenn ich dir die Wahrheit sage.« Und dann sprudelt alles aus Kim heraus. Sie redet schnell und mindestens so viel wie ich vorhin. Sie spricht davon, wie sie diesen Leon im Chat kennengelernt und später getroffen hat. Sie hat sich total verliebt, hat sich sofort supergut mit ihm verstanden und hat sich immer wieder abends mit ihm zum Spazierengehen an der Elbe getroffen. Sie erzählt mir, wie er sie geküsst hat, und dann stockend, wie sie sich gegenseitig ausgezogen haben und wie er sie überall gestreichelt hat und dann ... haben sie tatsächlich miteinander geschlafen. Nicht hier in Kims Zimmer und auch nicht virtuell, sondern real und echt am Elbstrand auf einer Wolldecke hinter einem alten Boot. Ich muss nicht nachfragen, Kim sagt von sich aus, dass sie natürlich ein Kondom benutzt haben. Sie hat aber Angst, dass sie nicht alles richtig gemacht haben, denn ihre Tage sind ausgeblieben. Dann fängt sie wieder an, lautlos zu weinen. Die Tränen laufen einfach über ihr Gesicht und tropfen aufs Bett.

»Das heißt aber doch nicht gleich, dass du schwanger bist«, versuche ich, sie zu trösten, und lege meinen Arm um sie.

»Was soll das denn sonst heißen?« Kim zieht die Nase hoch.

»Keine Ahnung. Vielleicht hast du so viel Stress oder deine Psyche macht dir gerade einen Strich durch die Rechnung. Hast du denn schon einen Test gemacht? Frag doch mal deine Dr. Keilig-Bodenburg, was sie meint.«

»Ich hab mich nicht getraut. Deshalb habe ich den Termin ja abgesagt.«

Jetzt wird mir einiges klar. Kim war zu feige, zum Arzt zu gehen. Deshalb hat sie mir den Termin gegeben. Mit ihrem Vater und dem Großeinkauf hatte das gar nichts zu tun.

»Und Leon? Was sagt der denn dazu?«

Kim guckt mich erschrocken an. »Der weiß doch gar nichts davon. Und du darfst ihm auch bitte, bitte nichts sagen. Leon ist gerade in England. Er darf das niemals erfahren. Ich habe mit ihm Schluss gemacht.«

»Du hast mit ihm Schluss gemacht? Warum das denn? Und wann?«

»Neulich im Chat. Ich kann doch nicht sein ganzes Leben versauen, nur weil ich zu blöd zum Verhüten bin!«

Kim bricht wieder in Tränen aus. Und ich werde wütend. Das kann doch alles nicht wahr sein.

»Ja, das war blöd. Aber nicht du warst blöd, sondern ihr beide wart blöd. Wieso um alles in der Welt solltest du das jetzt allein ausbaden?«

Kims Schultern beben, während sie ihr Gesicht in ihren Armen vergräbt.

»Kim, wo ist die nächste Apotheke? Ich gehe jetzt auf der Stelle los und kaufe dir einen Schwangerschaftstest.«

Kim guckt mich aus verheulten Augen an. »Das würdest du tun? Obwohl ich dich belogen habe?«

»Na ja«, ich zucke mit der Schulter, »ehrlich gesagt, wäre es mir lieber, du hättest wirklich nur virtuellen Sex gehabt, aber egal. Also los, wo ist die nächste Apotheke?«

Kim beschreibt mir den Weg und ich düse los, aber erst muss Kim mir hoch und heilig versprechen, ihr Zimmer nicht zu verlassen, auf mich zu warten und keinerlei Dummheiten anzustellen, bis ich zurück bin.

Als ich draußen auf der Straße stehe, muss ich erst einmal tief durchatmen. Irgendwie habe ich ein schlechtes Gewissen. Okay, Kim hat mir nicht die ganze Wahrheit erzählt, aber im Grunde habe ich ihr nie richtig zugehört. Seit Wochen drehte sich alles nur um mich und Stefan. Und Kim hat mir immer geholfen. Bei all dem Chaos habe ich ganz vergessen, dass Kim auch verliebt ist.

Zum Glück ist die Apotheke nur zwei Straßen entfernt. Ich reiße die Tür auf, stürme hinein, und erst als ein älterer Herr mit weißem Kittel mich freundlich fragend anschaut, wird mir klar, was ich hier gerade tue.

»Kann ich dir helfen?« Der Apotheker schiebt die Brille auf seiner Nase ein Stückchen höher.

»Ähm, ja, also ich ...« Verflixt, auf was habe ich mich da bloß eingelassen?

»Hast du ein Rezept? Sollst du etwas besorgen?«

»Nein, ich habe kein Rezept. Ja, etwas besorgen ...« Dankbar lächele ich ihn an.

»Und das wäre?« Der Apotheker bemüht sich, nicht die Geduld zu verlieren. Hinter mir klingelt die Türglocke und neue Kundschaft betritt den Verkaufsraum.

Ich beuge mich, so weit es geht, über den Tresen. »Einen Schwangerschaftstest«, flüstere ich.

Der Apotheker zwinkert mir zu und kramt in einer Schublade. Dann legt er mir ein längliches rosa Päckchen auf den Tisch.

»Ist ganz einfach«, raunt er mir zu. »Ein paar Tropfen Urin und in drei Minuten hast du das Ergebnis.«

Ich starre das rosa Päckchen an. Irgendwie kommt es mir bekannt vor. Aber woher? In meinem ganzen Leben habe ich noch nie einen Schwangerschaftstest gekauft. Trotzdem weiß ich genau, dass ich diese Schachtel schon mal gesehen habe. Nur wo? Ich bezahle schnell und der Apotheker packt den Test in einen kleinen Plastikbeutel. Eine Packung Taschentücher legt er mir auch noch dazu. Sehe ich so verheult aus?

»Viel Glück!«, ruft er mir hinterher, während ich die Apotheke so schnell wie möglich verlasse.

»Ich bin wieder da! Hier!« Ich werfe Kim die Tüte aufs Bett. »Am besten machst du den Test jetzt gleich sofort, dann wissen wir in drei Minuten Bescheid.«

Kim guckt mich an, als hätte ich soeben ihr Todesurteil verkündet.

»Na los. Nur ein paar Tropfen Urin und in drei Minuten hast du das Ergebnis«, zitiere ich den Apotheker.

Kim zieht den Test aus der Tüte und starrt auf die Schachtel. Vorsichtig entfernt sie die Schutzfolie und packt den Test aus. Der besteht aus einem langen weißen Plastikstäbchen mit einem Deckel. Sieht ein bisschen aus wie ein digitales Fieberthermometer. Wenn man den Deckel abnimmt, kommt eine flache Spitze zum Vorschein, auf die soll man pinkeln. Dann den Deckel wieder drauf und drei Minuten warten. In der Mitte des Stäbchens sind zwei kleine Kontrollfenster. Wenn in dem ersten Fenster ein rosa Kreuz erscheint, heißt das, der Test wurde korrekt durchgeführt. Erscheint in dem zweiten Fenster ebenfalls ein Kreuz, dann ist man schwanger. Kein Kreuz bedeutet demzufolge: nicht schwanger. Klingt doch eigentlich ganz einfach.

Ich drücke Kim das Teststäbchen in die Hand und ziehe sie vom Bett. »Na los, Pipi machen. Und dann kommst du gleich wieder her. Ich warte hier.«

Kim verstaut den Test unter ihrem T-Shirt und macht sich auf den Weg zum Badezimmer.

Mein Blick wandert zu der leeren Schachtel und plötzlich fallen die Bilder in meinem Kopf an ihren richtigen Platz. Der

Morgen im Bad. Als ich auf der Suche nach Tampons war. Annas Kulturbeutel und die vielen Schachteln, die dort herausgefallen waren. Jetzt weiß ich wieder, wo ich so eine schon einmal gesehen habe. Anna hatte einen Schwangerschaftstest in ihren Sachen versteckt. Und ich habe ihn gefunden. Kein Wunder, dass sie so panisch und sauer reagiert hat. Vermutlich hatte sie Angst, ich würde sofort zu Papa rennen. Papa. Ob er sich über das Baby freut? Vielleicht ist er ja genauso entsetzt wie ich und will das Baby gar nicht haben. Plötzlich bekomme ich ein schlechtes Gewissen. In dem Moment stürzt Kim zurück ins Zimmer. Als sie den Test wieder unter ihrem T-Shirt hervorzieht, zittern ihre Hände. Behutsam nehme ich ihr den Stab aus der Hand und lege ihn vorsichtig aufs Bett. Dann starren wir beide darauf. Das erste Fensterchen hat sich bereits rosa verfärbt und in der Mitte prangt nicht zu übersehen ein dickes rosa Kreuz. Kim hat also alles richtig gemacht. Langsam fängt das zweite Fenster an, sich zu verfärben.

Ich greife Kims Hand und halte sie fest. Sie ist eiskalt. Gebannt beobachte ich, wie das Feld unter dem kleinen Fenster sich langsam immer mehr färbt. Jetzt ist schon alles komplett rosa. Wie viel Zeit wohl schon vergangen ist? Noch kein zweites Kreuz zu sehen. Unauffällig schiele ich zu Kims Wecker. Eine Minute. Kims Hand ist eisig. Zwei Minuten. Kim zittert. Endlich sind auf dem Wecker vier Minuten vergangen. Der Test ist also schon lange abgeschlossen. Und – Kim ist nicht schwanger!

Ich nehme sie in den Arm und sie mich und eine ganze Weile halten wir uns einfach nur fest.

Dann verkündet sie: »Ich habe Hunger.«

Hunger habe ich inzwischen auch, und so bin ich ausnahmsweise richtig froh, dass sich in Kims Familie rund um die Uhr alles ums Essen dreht. Kim geht in die Küche und kommt mit zwei großen Portionen gebratenen Nudeln zurück. Wir machen es uns auf ihrem Bett gemütlich und stopfen Nudeln in uns hinein, als würden wir in den nächsten Tagen nichts mehr zu essen bekommen.

»Und nun?« Fragend gucke ich Kim an.

»Glückskekse backen.« Kim strahlt.

»Glückskekse?«

»Ein bisschen Glück könnte doch jetzt nicht schaden, oder? Komm, lass uns mal gucken, ob wir alle Zutaten im Haus haben.« Mit fachmännischem Blick inspiziert Kim Kühl- und Vorratsschrank, dann breitet sie ihre Fundstücke auf dem Küchentisch aus. Nach Kims Anweisung hole ich ein paar Zettel, Schere und einen Stift und schneide kleine Papierstreifen zurecht, die wir mit unseren Glücksbotschaften beschriften wollen.

Wir einigen uns darauf, zwölf Glückskekse zu backen, dann reichen sie für meine und für Kims Familie und jede von uns darf sechs Zettel mit geheimen Botschaften versehen.

Das ist gar nicht so einfach.

Ich versuche, mir vorzustellen, welche Botschaft ich gerne in einem Keks finden würde.

Ich denke an Stefan, und sofort sehe ich vor mir, wie wir Hand in Hand an der Elbe entlanglaufen. Auf einmal bleibt Stefan stehen, zieht mich in seine Arme und flüstert mir etwas ins Ohr.

Und dann fällt mir ein, mit welchen Glücksbotschaften ich die Kekse fülle. Jetzt muss ich mir nur noch merken, in welche der fertigen Glückskekse Kim meine Zettel steckt. Manchmal muss man einfach seinem Glück ein wenig auf die Sprünge helfen.

Wir packen die Kekse in eine Blechdose und verstauen sie in meinem Rucksack. In dem Moment klingelt mein Handy. Papa. Am liebsten würde ich gar nicht rangehen, aber Kim drückt mir das Telefon auffordernd in die Hand. »Nun mach schon. Vielleicht ist alles gar nicht so schlimm.«

Seufzend drücke ich die Empfangstaste. »Ja?«

»Karo? Papa hier. Wo bist du?«

»Das habe ich doch auf den Zettel geschrieben. Ich bin bei Kim.«

»Auf welchen Zettel? Ach so, ja, ich rufe vom Büro aus an.«

Erleichterung macht sich in mir breit. Papa weiß also noch gar nicht, dass ich heute bei Kim übernachten will. Aber was will er dann?

»Ist etwas passiert?«

»Nein, nein. Es ist nichts passiert. Ich habe nur mit Anna gesprochen und sie meinte …«

Mein Vater hat mit Anna gesprochen. Daher weht also der Wind. Sofort muss ich wieder an das Baby denken. »Ja?«

»Anna meinte, ich sei gestern zu hart zu dir gewesen.« Papa räuspert sich.

Ich verkneife mir einen Kommentar.

»Na ja, jedenfalls wollte ich dir sagen, dass … also wenn du heute zum Strand willst …«

»Ja?«

»Um zweiundzwanzig Uhr bist du zu Hause. Spätestens.«

Ich nicke, bis mir einfällt, dass Papa das nicht sehen kann.

»Und, Karo?«

»Ja?«

»Kein Alkohol. Keinen Tropfen. Versprich mir das!«

»Ja, mache ich. Danke.« Ich lege schnell auf.

Kim sieht mich erwartungsvoll an.

»Ich darf mit zum Strand.«

»Super!« Kim jubelt.

Ich weiß im Moment gar nicht, ob ich lachen oder weinen soll. Klar freue ich mich, dass Papa den Hausarrest vorläufig aufgehoben hat. Aber mir ist auch ziemlich klar, warum das so gekommen ist. Anna will mit ihm allein sein, wenn sie ihm die frohe Botschaft überbringt. Sie will mich aus dem Weg haben.

Vermutlich plant sie gerade ein romantisches Abendessen zu zweit mit Kerzenlicht und Babyschühchen. Ich verstehe mich selbst nicht mehr. Gestern Abend dachte ich noch, ich würde die Woche ohne Strandtreffen und Kim und Stefan und die anderen nicht überleben. Und heute bin ich sauer, dass ich abgeschoben werde.

Jetzt reiß dich zusammen, Karolin Schreiber. In wenigen Stunden wirst du den Mann deiner Träume wiedersehen. Du solltest besser überlegen, was du anziehst. Ich drehe mich zu Kim um. »Ich habe keine Klamotten dabei.« Bedauernd zeige ich auf meinen Rucksack. »Kannst du mir was leihen?«

Fünfzehntes Kapitel

SPRUDELWASSER UND ZUNGENKUSS

Am Strand haben sich schon einige *Green Fighters* versammelt und sitzen gemütlich im Kreis auf dem Boden. Sofort entdecke ich Stefans blonden Wuschelkopf und bugsiere Kim in seine Richtung. Rechts von Stefan hockt Kessi, links Bobby mit einer Bierflasche in der Hand.

»Na, wieder nüchtern?« Bobby guckt hoch und grinst.

Ich spüre, wie ich rot werde. Die Szene mit Papa fällt mir wieder ein. Jetzt denken die anderen bestimmt, ich sei noch ein kleines Baby. Geschickt schiebt sich Kim zwischen Stefan und Kessi und zieht mich neben sich. Ich setze mich im Schneidersitz auf den Boden, und als meine Knie Stefans Beine berühren, durchfährt mich ein Stromstoß. Bobby hält mir seine Bierflasche hin, aber ich schüttele den Kopf. Heute will ich nüchtern bleiben. Mir ist eh schon schwindelig mit Stefan so dicht neben mir. Gebannt hänge ich an seinen Lippen, als er wieder anfängt, von seinen Reisen zu erzählen. Irgendwann lässt die Aufmerksamkeit der anderen deutlich nach. Auch ich finde inzwischen, dass er sich wiederholt. Und wenn ich ganz ehrlich bin, nervt mich seine Art, mit seinen Abenteuern anzugeben. Dieser Gedanke gefällt mir nicht. Ich will Stefan toll finden und nicht langweilig oder nervig. Kim hat ihr Handy auf dem Schoß und schreibt eine SMS nach der anderen. Vermutlich an Dragonheart. Nein, Leon, verbessere ich mich in Gedanken. Chrissi und Pascal sind schon irgendwo hinter den Booten verschwunden. Ich muss daran denken, was Kim dort mit Leon gemacht hat, und tief in meinem Bauch wird es auf einmal ganz warm. Ich würde jetzt auch gern mit Stefan allein sein. Ein Schauer läuft über meinen Rücken beim Gedanken daran, mit Stefan zusammen unter einem Schlafsack zu kuscheln.

»Ich brauch was zu trinken.« Stefan unterbricht seine Erzählung und springt auf. Langsam schlendert er zu seinem Roller hinüber, neben dem wie immer eine Kiste mit Getränken steht, die von der Gruppenkasse bezahlt worden ist. Ich verfolge jeden seiner Schritte. Kim schubst mich an, und ich brauche eine Weile, bis ich begreife, was sie mir sagen will. Das ist deine Chance, Karo. Nun mach schon.

»Ich hole mir auch mal was«, murmele ich und stehe auf. Stefan sieht mich fragend an, als ich auf ihn zukomme. »Willst du ein Bier?« Er hält mir seine Flasche hin. Ich würde am liebsten Ja sagen, aber versprochen ist versprochen.

»Ich nehme lieber auch ein Mineralwasser«, entgegne ich und greife in die Kiste. »Hast du einen Öffner?« Ich halte Stefan die Flasche hin und er nickt. Seine linke Hand legt sich um meine, als er die Flasche festhält, um sie mit der anderen zu öffnen. Ein Hitzestrahl schießt durch meinen Arm. Dann ist der Augenblick schon vorbei. Ich setze die Flasche an den

Mund und nehme einen Schluck, dabei lässt Stefan mich nicht aus den Augen. Dann streicht er mir mit dem Finger eine Locke aus dem Gesicht. Ich halte die Luft an und wage es kaum noch zu atmen.

»Du hast irrsinnig schöne Haare, weißt du das?«

Ich würde so gerne etwas darauf erwidern, aber mein Mund ist wie ausgetrocknet und ich habe furchtbare Angst, etwas Falsches zu sagen. Ich halte die Luft an und wünsche mir, dass dieser Moment nie vorbeigeht.

»He, ihr Turteltäubchen, lasst mich mal an die Quelle!« Kessi! Energisch schiebt sie uns auseinander, um sich ein Bier zu nehmen. »Kannst du mir die mal aufmachen, bitte?« Kessi hält Stefan ihre Flasche hin und berührt seine Hand, wobei sie ihn verführerisch anlächelt.

»Klar, Schnecke, für dich immer.«

Stefan umfasst ihre Hand mit der Flasche exakt so, wie er auch meine vorhin festgehalten hat, und hebelt mit einem Ruck den Deckel ab.

Schnecke! Wie konnte ich eigentlich auf die idiotische Idee kommen, das zwischen Stefan und mir eben wäre irgendetwas Besonderes gewesen? Von der romantischen Stimmung zwischen uns ist kein Hauch mehr zu spüren. Ich sehe Kessi selbstbewusst die Bierflasche an ihre Lippen setzen, mein Blick fällt auf ihren tiefen Ausschnitt, auf ihr knallenges T-Shirt und ihre schmale Hüfte. Aus irgendeinem Grund werde ich stinkwütend. Kim kommt ebenfalls zu uns herüber und greift nach einer Cola.

Sie zwinkert mir zu, dann guckt sie demonstrativ auf ihre Uhr. »Karo, ich will dich ja nicht drängeln, aber ich glaube, du solltest langsam nach Hause fahren. Du musst dreimal umsteigen und das dauert.«

Ich gucke Kim ziemlich verdattert an. Das mit dem Umsteigen stimmt nämlich überhaupt nicht und außerdem ist noch reichlich Zeit. Kessi hingegen reagiert sofort.

»Ach, du musst schon gehen? Das tut mir leid. Aber klar, du bist erst fünfzehn, da muss man aufpassen mit dem Jugendschutz. Mich haben sie sogar mal in der U-Bahn kontrolliert, als ich noch fünfzehn war, aber das ist ja schon eeewig her.« Sie hängt sich an Stefans Arm.

»Das war vor vier Wochen, oder? Und dein Vater musste dich auf der Polizeiwache abholen. Ich erinnere mich.« Kim prostet mir zu und Stefan grinst. Da muss auch ich lachen. Und plötzlich habe ich eine Idee. Ich nehme meinen ganzen Mut zusammen, bevor ich mich Stefan zuwende.

»Könntest du mich nachher vielleicht schnell mit dem Roller nach Hause fahren? Dann habe ich ein bisschen länger Zeit. Du darfst doch noch fahren?«, frage ich mit einem Blick auf den Bierkasten.

»Ja klar, mache ich. Hab nur Wasser getrunken.« Er hebt seine Flasche hoch und zwinkert mir zu. »Sag Bescheid, wenn du los musst.« Mit diesen Worten geht Stefan wieder zu den anderen zurück. Ich kann mir einen triumphierenden Blick in Kessis Richtung nicht verkneifen und auf einmal ist der Himmel wieder rosarot.

Ich wünschte, wir würden noch ewig so durch die Nacht fahren. Vor unserem Haus hält Stefan an. Ich steige ab und nestele an dem Riemen unter meinem Kinn.

»Warte. Ich helfe dir«, sagt Stefan, nachdem er seinen Helm abgesetzt hat.

Er öffnet den Riemen und zieht mir behutsam den Helm vom Kopf. Ich schüttele meine Locken.

»Danke fürs Heimfahren, das war echt nett von dir«, höre ich mich sagen. *Küss mich,* möchte ich eigentlich sagen. Ich fühle, wie ich rot werde. Zum Glück ist es trotz Straßenbeleuchtung schon ziemlich dunkel.

Stefan hebt die Hand und streicht mir wieder eine Locke aus dem Gesicht. Dann streift er mir den Rucksack von den Schultern und legt ihn auf den Boden. Wie zufällig lässt er seine Hand in meinen Nacken gleiten und zieht mein Gesicht ganz nah an seines heran. Ich nehme alles wie hinter einem Schleier wahr. Langsam beugt er sein Gesicht zu mir herunter, ich spüre seinen Atem auf meiner Haut und dann sind seine Lippen plötzlich auf meinen. Warm fühlen sie sich an. Und fordernd.

Er zieht mich fester zu sich heran. Seine Zunge drängt sich in meinen Mund. Ja, denke ich. Ja, ja, ja. Ich bin da, wo ich hinwollte. Stefan küsst mich. In einem Film würde jetzt Violinenspiel erklingen und irgendwo im Hintergrund über der Stadt ein Feuerwerk in den Himmel aufsteigen. Ich drücke mich enger an ihn. Seine Zunge erforscht meinen Mund und seine Hand gleitet unter mein T-Shirt. Ich warte auf das Feuerwerk, aber nichts passiert. Entspann dich, Karo. Du bist am Ziel deiner Träume. Da ist es normal, dass du ein bisschen nervös bist. Stefans Hand streift suchend über meinen Rücken. Zielsicher findet er den Verschluss meines BHs. Ich möchte seine Hand festhalten, wünsche mir, er würde sich einzig und allein auf das Küssen konzentrieren. Aber mit einem Griff öffnet Stefan die Häkchen meines BHs. Das macht er nicht zum ersten Mal, schießt es mir durch den Kopf, aber ich schiebe diesen Gedanken schnell beiseite. Er zieht mich fester zu sich heran, und seine Finger wandern unter den Stoff, der jetzt locker an meinem Oberkörper liegt. Obwohl ich noch nahezu vollständig bekleidet bin, fühle ich mich nackt. Ich versuche, meine Traumbilder im Kopf zu aktivieren. Der große Meeresbiologe Stefan Reuter, der mir das Safarikleid vom Körper reißt. Vor meinem inneren Auge sehe ich eine kritisch hochgezogene Augenbraue, darüber dunkle Haare, die glatt und völlig lockenfrei in die Stirn fallen. Stefans Finger berühren meine Brust. Er schiebt sie unter den BH und ich versteife mich. Etwas stimmt nicht.

Da sind keine Pauken und Trompeten, keine Engelschöre am Himmel und vor allem überhaupt kein warmes Gefühl im Bauch. Und was haben diese hochgezogenen Augenbrauen in meinem Kopf zu suchen? Stopp! Karo, du bist im falschen Film. Ich reiße die Augen auf und schiebe Stefan abrupt von mir.

»He, was soll das?« Stefan zieht seine Hand aus meinem T-Shirt.

»Sorry, ich wollte nicht …« Verlegen zupfe ich meine Klamotten zurecht. Karo, bist du denn völlig durchgeknallt? Vor dir steht der Mann deiner schlaflosen Nächte, das Objekt all deiner Sehnsüchte, und du stößt ihn weg, als er dich endlich will! Und das alles nur wegen einer hochgezogenen Augenbraue? Ich habe ja gewusst, dass mir zu viel Latein-Nachhilfe nicht guttut. Etwas hilflos streiche ich über Stefans Arm. »Tut mir leid. Ich dachte …« Los, lass dir eine vernünftige Ausrede für dein bescheuertes Verhalten einfallen! Mein Blick fällt auf die erleuchteten Fenster unserer Wohnung im zweiten Stock. »Ich dachte, ich hätte meinen Vater am Fenster gesehen.«

Stefan folgt meinem Blick. Aber natürlich ist da niemand. Karo, du bist eine Idiotin. Ich schmiege mich wieder an ihn in der Hoffnung, dass er mich weiter küssen will, aber Stefan greift zu seinem Helm.

»Ich fahre mal zurück zu den anderen. Wenn du willst, hole ich dich morgen zum Tauchkurs ab.« Mit diesen Worten reicht er mir seinen Ersatzhelm. Die Bläschen in meinem Kopf beginnen wieder zu sprudeln. Stefan will mich abholen. Stefan ist nicht sauer.

Glücklich greife ich nach dem Helm. »Ja, klar, gerne. Ich freu mich schon drauf.«

»Ich auch. Morgen zeige ich euch ein paar sehr interessante Übungen.« Stefan zwinkert mir zu.

Interessante Übungen. Soso. Ich fühle, wie mir ganz warm wird. Warum habe ich ihn vorhin nur so vor den Kopf gestoßen? Jetzt sehne ich mich plötzlich danach, wieder von ihm geküsst zu werden.

»Also dann …« Stefan gibt mir einen kurzen Kuss auf den Mund. »Bis morgen!«

Alles geht so schnell, dass ich ihn noch nicht mal zurückküssen kann. »Ja, bis morgen dann«, murmele ich und streichele ihn verlegen am Arm. Stefan steigt auf seinen Roller, hebt die Hand noch zu einem Gruß und fährt davon.

Jetzt komme ich mir ziemlich dämlich vor, wie ich da so hinter ihm herstarre mit offenem BH, der lose um meinen Oberkörper baumelt.

Umständlich versuche ich, die Häkchen hinter meinem Rücken wieder zu schließen. Von solchen Dingen ist in Filmen und Büchern nie die Rede. Dort sind die Frauen in jeder Lebenslage perfekt gestylt und geschminkt. Frauen in Filmen schlafen immer verführerisch in einem Hauch von Nichts und sehen auch nach einer langen Nacht noch aus, als kämen sie gerade vom Friseur. Sie müssen sich nicht die Beine rasieren und man schaut ihnen nicht beim Schließen eines BHs zu. Frauen in Büchern oder Filmen haben auch niemals ihre Periode, morgens keinen Mundgeruch und Pickel bekommen sie auch nicht.

Ich schaue nach oben. In der Wohnung brennt tatsächlich Licht. Ob Papa und Anna noch wach sind?

»Hallo, Karo, da bist du ja. So langsam habe ich angefangen, mir Sorgen zu machen.«

»Oh, hallo, Papa. Tut mir leid. Es ist aber doch noch vor zehn, oder?« Papas Anblick bringt die Erinnerung an diesen Tag zurück. Ich versuche, mich an ihm vorbeizuschieben und so schnell wie möglich in mein Zimmer zu entkommen.

»Karo, warte mal, ich möchte gerne noch etwas mit dir besprechen.« Papa räuspert sich.

Oh nein. Bitte nicht, nicht jetzt. Lass mich noch ein kleines bisschen auf Wolke sieben schweben. Bitte. Papa scheint für mein stummes Flehen taub zu sein.

»Am besten komme ich kurz mit zu dir.« Er nickt mit dem Kopf in Richtung meines Zimmers und ergeben öffne ich die Tür und lasse ihm den Vortritt. Immerhin ist er im Gegensatz zu gestern Nacht ansatzweise höflich.

»Wollen wir uns nicht setzen?« Papa deutet auf mein Bett.

Ich zucke mit den Schultern und lasse mich neben ihn auf die Bettkante fallen.

»Es gibt da etwas, das ich dir sagen muss.« Papa ist supernervös, aber ich habe überhaupt kein Mitleid mit ihm. Im Gegenteil.

Ich wünschte, er würde seine Neuigkeiten für sich behalten. Ich mag ihn nicht anschauen. Verzweifelt konzentriere ich mich auf das Muster meiner Bettdecke.

»Du weißt ja, dass Anna und ich, also dass wir beide …« Papa druckst herum. »Anna ist eine tolle Frau. Seit ich sie kenne, bin ich richtig glücklich.«

Ach. Und mit uns warst du nicht glücklich? Ich zerlege das Bettdeckenmuster im Kopf in seine Einzelteile.

»Jedenfalls weißt du ja, dass Anna und ich bald heiraten wollen.«

Ja, das weiß ich. Aber nicht von dir, sondern von Mama. Du redest ja nicht mit mir, denke ich. Und *über* mich auch nicht, füge ich in Gedanken an das wenige, das Anna von mir wusste, hinzu. Zu Papa sage ich nichts.

»Karo, natürlich ist das alles nicht so einfach für dich. Aber Mama und ich sind jetzt schon so lange geschieden und ich liebe Anna wirklich sehr.«

Sind drei Jahre lange? Dass er Anna liebt, will ich nicht hören. Am liebsten würde ich mir die Ohren zuhalten.

»Anna und ich haben beschlossen, die Hochzeit vorzuverlegen.« Ich beiße die Zähne zusammen. »Karo, hörst du mir überhaupt zu?« Papa greift nach meiner Hand, aber ich ziehe sie weg. Er seufzt. »Bitte sieh mich an.«

Ich gucke hoch und begegne seinem Blick. Wenn er mich noch lange so anschaut, fange ich wieder an zu heulen. Deshalb starre ich an ihm vorbei zu meinem Kleiderschrank.

»Wir möchten gerne schon bald heiraten. Sehr bald. Und dafür gibt es einen wunderbaren Grund.« Jetzt greift Papa meine Hand doch noch. »Anna ist schwanger. Wir bekommen ein Baby!«

Papa scheint sich tatsächlich zu freuen.

»Karo, du sagst ja gar nichts? Du bekommst ein Geschwisterchen! Freust du dich ein bisschen?«

Ich starre Papa an und beiße die Zähne zusammen. Jetzt nicht losheulen, Karo, auf gar keinen Fall.

»Ich wusste schon vor dir, dass Anna schwanger ist. Ich habe sie beim Frauenarzt getroffen.«

Papa zuckt zusammen. »Beim Frauenarzt? Ach so. Ja. Was machst du beim Frauenarzt?« Er runzelt die Stirn. Seine rosarote Babystimmung ist erst mal verpufft.

»Ich wollte mich um meine Verhütung kümmern. Wäre doch blöd, wenn du gleichzeitig Vater und Opa werden würdest, oder?« Ich kann nicht anders. Ich will ihm wehtun. Ich will mich nicht über das Baby freuen und er soll sich auch nicht freuen.

»Ja, aber, ich meine, du bist doch erst fünfzehn und du hast doch auch noch gar keinen Freund.« Papa stottert.

»Noch nicht, nein. Aber um seine Verhütung kann man sich ja nie früh genug kümmern. Hätte Anna sich früher drum gekümmert, hättet ihr jetzt ein Problem weniger.« Das war supergemein. Ich weiß das. Aber ich will gemein sein.

»Problem?« Papas Stimme klingt ärgerlich. Endlich. »Karo, wir haben kein Problem. Wir freuen uns auf das Baby! Und ich dachte, du würdest dich ein kleines bisschen mit uns freuen.« Papa steht von meinem Bett auf.

»Ich wüsste nicht, worüber ich mich da freuen soll!« Ich springe ebenfalls auf.

Papa starrt mich an. »Schade, da habe ich mich wohl in dir getäuscht.«

»Du hast dich schon einige Male getäuscht.« Ich werde lauter. »Ich habe mich auch nicht gefreut, als du plötzlich nach Hamburg gezogen bist. Und ich finde es scheiße, dass du und

Mama, dass ihr euch getrennt habt.« So langsam komme ich richtig in Fahrt. »Ich freue mich kein bisschen darüber, dass meine Eltern geschieden sind. Und dass sie am Telefon dauernd streiten müssen. Ich freue mich nicht über Anna und schon gar nicht darüber, dass sie sich hier in der Wohnung so breitmacht. Überall ist nur noch Anna, Anna, Anna. Seit Anna da ist, behandelst du mich wie ein kleines Kind. Außer rummeckern und Hausarrest fällt dir nichts ein. Wenn du überhaupt mal mit mir redest.« Ich schreie jetzt. »Und auf das Baby freue ich mich am allerwenigsten. Ich will keine vollgekackten Windeln, ich will keine Strampelanzüge und Spieluhren und keine kitschigen Mobiles. Ich will auch keine beschissene Hochzeit. Und deine Anna kann mir gestohlen bleiben. Und du auch!«

Klatsch.

Fassungslos starre ich Papa an. Er hat mir eine gescheuert. Mein Vater hat ausgeholt und mir eine Ohrfeige gegeben. Ich schnappe nach Luft.

Papa guckt mindestens genauso erschrocken wie ich. Mein Vater hat mich noch nie geschlagen. Niemals. Meine Mutter natürlich auch nicht.

»Karo, das …«, stammelt Papa.

Ich reibe mein Gesicht. Meine Wange brennt wie Feuer.

»Karo, das wollte ich nicht, es tut mir leid. Mir ist die Hand einfach ausgerutscht. Du hast so geschrien und ich war so enttäuscht und …« Papa legt den Arm um mich. Ich will mich herauswinden, will ihn wegschieben, überhaupt will ich nur noch weg, aber Papa lässt mich nicht los und drückt mich an sich und hält mich einfach fest.

Und dann lege ich meinen Kopf an seine Brust und weine und weine und weine. Papa streichelt mir beruhigend über den Rücken. »Meine Kleine«, murmelt er. »Es tut mir alles so leid. Ich habe da wohl ganz schön viel Mist gemacht in deinem Leben. Ich wollte dir nicht so wehtun.«

Ich drücke mich in Papas Arme und wünschte, dieser Moment würde niemals vorbeigehen. Ich hatte Papa schon so lange nicht mehr ganz für mich allein. Wenn er mich festhält, dann scheint alles andere weit, weit, weg zu sein: Anna und das Baby, Mama und ihr Lover, Kim, Alex, Damian, ja sogar Stefan.

Papa streicht mit seiner Hand über meinen Kopf. »Besser?«, fragt er und ich nicke. »Okay. Lass uns einfach eine Nacht drüber schlafen. Das war vielleicht für uns alle ein bisschen viel in den letzten Tagen. Was meinst du?«

Ich mag nicht reden, also nicke ich wieder.

»Dann schlaf gut. Und träum was Schönes.« Papa drückt einen Kuss auf meine Stirn und verlässt das Zimmer.

Was Schönes träumen scheint mir jetzt auch das Beste zu sein. Ich schlüpfe in meinen Pyjama und verkrieche mich unter der Bettdecke. Was für ein Tag! In Gedanken lasse ich das Strandtreffen noch mal Revue passieren und das Geknutsche mit Stefan unten vor der Haustür. Was war da nur mit mir los? Jetzt im Moment würde ich alles dafür geben, wenn er bei mir wäre und wir diesen Kuss wiederholen könnten.

Warum um alles in der Welt habe ich mich so angestellt, als er meinen BH geöffnet hat? Es fühlt sich an, als ob ich aus zwei Karos bestehen würde. Die eine sehnt sich nach Berührungen und Zärtlichkeiten, nach Küssen und sogar nach mehr. Und die andere will kuscheln und reden und zuhören und sich nicht von einem Angeber zulabern lassen. Ich schiebe eine Hand unter den Pyjama und streichele über meinen Bauch nach oben. Vorsichtig lasse ich meine Finger über meine linke Brust gleiten und stelle mir vor, das seien Stefans Finger. Ich sollte mich an dieses Gefühl schleunigst gewöhnen. Wenn ich mit Stefan schlafen will, wird er noch ganz andere Körperstellen berühren, schießt es mir durch den Kopf. Sofort wird es mir sehr warm im Bauch.

Nicht mehr lange und Stefan wird neben mir liegen, und seine Hand wird über meinen Körper nach unten wandern, während wir uns küssen. Ich werde seine breiten starken Schultern streicheln und die Muskeln auf seinem Rücken fühlen, während seine Hand vorsichtig meine Oberschenkel berührt und zärtlich ihren Weg zwischen meine Beine sucht.

Ich blinzele vorsichtig und schaue in Stefans Gesicht. Seine Augen sind geschlossen und seine dunklen Haare fallen ihm in die Stirn.

Meine Hand hält schlagartig inne und ich öffne die Augen. Schon wieder. Was soll das? Stefan ist blond, blond, blond. Wo kommen dauernd die dunklen Haare her? Damian, schießt es mir durch den Kopf. Es ist Damian, an den ich die ganze Zeit denke. Damian, der mir im Chat so lieb zuhört, der immer wieder da ist, wenn es mir schlecht geht, und der mich so gerne real in den Arm genommen hätte. Ich mag Damian. Zumindest mag ich den virtuellen Damian. Den realen kenne ich ja gar nicht. Und es ist einfach nicht fair, mit ihm zu flirten, obwohl ich in einen anderen verliebt bin. Du musst reinen Tisch machen. Am besten jetzt gleich.

Seufzend stehe ich auf und schalte mein Notebook ein. Während es hochfährt, fällt mein Blick auf die Dose mit den Glückskeksen. Die haben Kim und ich ja total vergessen. Vielleicht ist das ganz gut so. Vielleicht sollte ich wirklich erst einmal ein paar Dinge in Ordnung bringen, bevor ich mein Glück herausfordere.

Endlich erscheint das Fenster zum Einloggen auf dem Monitor. Ich gebe meinen Nicknamen und mein Passwort ein. Im Chat ist kein Mensch. Ein Blick auf die Uhr zeigt mir, dass es bereits weit nach Mitternacht ist. Was für eine Schnapsidee von mir anzunehmen, dass Damian17 da im Chat sitzt und die ganze Nacht auf mich wartet. Vermutlich liegt er schon längst im Bett und träumt. Der Gedanke, dass Damian von mir träumen könnte, gefällt mir. Trotzdem muss ich dieses Spiel beenden.

Mein Blick fällt auf die Mitgliederliste des Chats. Ich suche Damians Namen und klicke ihn an. Eine Nachricht blinkt auf: *Damian17 ist gerade nicht online.* Ach was. Das habe ich ja nun auch schon gemerkt.

Weiter unten bemerke ich einen Button, der mir vorher noch nicht aufgefallen ist: *Message senden.*

Ich klicke darauf und es öffnet sich ein neues Fenster. Darüber steht: *Neue Nachricht von Nixe an Damian17.*

Der Cursor in einem leeren weißen Feld blinkt verführerisch.

Was schreibt man einem Jungen, den man auf Abstand halten will, dem man aber nicht wehtun möchte?

Meine Finger berühren die Tasten. Bleib bei der Wahrheit, Karo. Schreib ihm einfach die Wahrheit.

Hallo Damian,
ich hätte gerne mit dir gechattet, aber es ist schon so spät und du liegst sicher im Bett.
Ich wollte dir nur sagen, dass ich mich nicht mehr mit dir im Chat treffen will. Also ich will in kein Sep mehr mit dir gehen.
Bitte sei mir nicht böse. Du bist total lieb zu mir gewesen und ich bin dir wirklich sehr dankbar. Aber ich bin nicht in dich verliebt.
Kein bisschen. Ich wünsche dir alles Gute.
Nixe

Das *»ich bin dir wirklich sehr dankbar«* lösche ich wieder. Ich glaube, Jungs mögen es nicht, wenn man ihnen dankbar ist.

Dann schicke ich die Mail ab. Und fühle mich kein bisschen besser. Was, wenn Damian mir jetzt böse ist? Was, wenn ich ihn verletzt habe? Am liebsten würde ich die Nachricht zurückholen, aber dafür gibt es keinen Button. Ich durchforste die Hilfeseite des Chats, aber finde nichts, womit ich eine einmal abgeschickte Message löschen oder widerrufen könnte. Mist. Jetzt kann ich nur hoffen, dass Damian nicht zu sehr enttäuscht ist. Ich gehe ins Bett zurück und will einfach nur schlafen. Möglichst tief und traumlos schlafen.

Sechzehntes Kapitel

MÜSLI UND ANDERE KATASTROPHEN

Am liebsten hätte ich das Frühstück einfach verschlafen. Ich entwickele hier in Hamburg langsam eine Frühstücksphobie. Dabei gehörte das Frühstück früher zu meinen absoluten Lieblingsmahlzeiten. Vor allem an Wochenenden und in den Ferien.

Aber heute Morgen hatte ich überhaupt keine Lust darauf. Ich wollte weder Papa noch Anna begegnen. Nur der Gedanke an den bevorstehenden Tauchkurs und an Stefan, der versprochen hat, mich abzuholen, bringt mich schließlich aus dem Bett.

Anna sitzt mit verquollenen Augen am Tisch und stochert in einem Müsli herum. Hat sie geweint? Wie eine glückliche Erstgebärende sieht sie jedenfalls nicht aus. Auch Papa guckt nicht besonders fröhlich aus der Wäsche. Na super. Ich greife nach einem Brötchen und übe mich mal wieder in Schweigen. Dass das Telefon geklingelt hat, merke ich erst, als Papa wieder zurück in die Küche kommt.

»Gute Nachrichten!« Er beugt sich zu Anna, gibt ihr einen Kuss und flüstert ihr etwas ins Ohr. Sofort sieht Anna ein bisschen fröhlicher aus. Sie greift nach ihrem Tee, nimmt einen Schluck, reißt die Augen auf, presst sich die Hand auf den Mund und stürzt aus der Küche. Aus dem Bad dringen Würgegeräusche.

Ich starre Papa an. »Na, das scheinen ja wirklich tolle Nachrichten gewesen zu sein.«

Papa lacht. »Das ist nur die typische Morgenübelkeit. Die vergeht spätestens nach der neunten Schwangerschaftswoche wieder«, erklärt er mir. »Und ja, ich habe gute Nachrichten. Wir können unsere Hochzeit tatsächlich vorverlegen. Anna möchte doch so gerne heiraten, solange sie noch in ein richtiges Brautkleid passt. Und eben hat das Standesamt von Westerland angerufen. Die Hochzeit kann schon übernächste Woche stattfinden.«

»Westerland? Das ist doch auf Sylt, oder?« Fragend schaue ich Papa an.

»Sylt, ja. Hatte ich dir das nicht erzählt? Annas größter Traum ist eine Hochzeit am Meer. In zehn Tagen werden wir alle zusammen nach Sylt fahren. Das wird einfach wunderbar!« Papa strahlt mich an und greift nach der Kaffeekanne. In zehn Tagen? Nach Sylt? In mir fangen alle Alarmglocken an zu klingeln.

»Wann genau soll denn die Hochzeit sein?« Ich halte die Luft an. Als Papa mir das Datum nennt, werden aus den Glocken Sirenen. »Aber das geht nicht«, stammele ich. »An dem Wochenende kann ich nicht.«

»Was soll das heißen, an dem Wochenende kannst du nicht?« Mit gerunzelter Stirn sieht Papa mich an.

»An dem Wochenende findet unser großes Zeltlager am Elbstrand statt. Das Sommercamp der *Green Fighters*, du weißt schon.«

»Na, dann muss das Zeltlager eben mal ohne dich stattfinden. Die *Green Fighters* werden es verschmerzen. Die Hochzeit deines eigenen Vaters geht ja wohl vor.«

Ich starre Papa an. Das ist nicht sein Ernst. Nach allem, was in den letzten Tagen hier abgelaufen ist, kann das jetzt nicht sein Ernst sein. Er kann nicht wirklich von mir erwarten, dass ich für seine bescheuerte Hochzeit mein Zeltlager mit Stefan sausen lasse, auf das ich mich schon seit Wochen freue. Vor lauter Panik weiß ich gar nicht, was ich sagen soll.

Anna kommt zurück in die Küche. Dass sie gerade gekotzt hat, sieht man ihr nicht an. Sie gibt Papa einen Kuss und fragt leise: »Und? Hast du es ihr schon gesagt?«

Da halte ich es nicht mehr aus. »Falls du meinst, ob er mir das mit dem Baby schon gesagt hat, ja, das hat er. Hätte er aber gar nicht machen müssen, war ja gestern in der Arztpraxis bei Frau Dr. Keilig-Bodenburg kaum zu überhören: *Das hier ist ihr Mutterpass! Immer schön mit sich tragen …*«, äffe ich die Sprechstundenhilfe nach. Anna reißt die Augen auf. »Und das mit der Hochzeit. Also da kann ich nicht. Den Termin müsst ihr leider verschieben.«

»Verschieben?« Anna starrt mich an. »Aber das geht nicht. Wir sind heilfroh, dass das überhaupt so kurzfristig geklappt hat.«

Ich zucke mit der Schulter und hülle mich in Schweigen.

»Jochen, nun sag du doch auch mal was.«

Mein Vater knallt die Kaffeetasse auf den Tisch. »Die Hochzeit findet statt und ich fahre jetzt ins Büro.« Als ich den Mund öffnen will, wirft er mir einen wütenden Blick zu. »Karolin Schreiber. Ich will keinen Ton mehr hören.«

Zum Glück klingelt es in dem Moment an der Tür, sonst hätte ich für nichts garantieren können. Stefan. Ich springe auf, schnappe meinen fertig gepackten Rucksack und den Helm und stürze aus der Küche. Nur raus hier. Ich fliege die Treppe herunter – Stefan entgegen. Er steht auf der anderen Straßenseite und lehnt lässig in der Sonne an seinem Roller. Ich gehe wie auf Wolken zu ihm hinüber.

»Guten Morgen! Na, süße Träume gehabt?« Stefan zwinkert mir zu und sofort werden meine Knie wieder weich. Ich muss mich wirklich zusammenreißen, um nicht auf der Stelle in seine Arme zu sinken. Stattdessen setze ich den Helm auf, steige hinter Stefan auf den Roller und schlinge meine Arme um seinen Oberkörper. Dass er mich zur Begrüßung nicht geküsst hat, verdirbt mir ein bisschen die Stimmung, aber nur ein bisschen. Ich drücke mich an ihn und atme seinen Duft ein.

Vor dem *Kaifu* steht Kim schon an unserem Treffpunkt. Ich zwinkere ihr zu, als ich von Stefans Roller steige. »Danke fürs Abholen, Stefan!«

»Immer wieder gerne, Prinzessin.« Und jetzt endlich beugt er sich zu mir und drückt mir einen Kuss auf den Mund.

»Verschieb das Küssen mal lieber auf später. Nicht, dass aus der Prinzessin plötzlich noch ein Frosch wird«, feixt Kim und zieht mich am Ärmel.

Stefan grinst. »Ein Frosch im Tauchkurs wäre ja nicht das Schlechteste.« Er gibt mir einen Klaps auf den Po. »Hopp, hopp, Mädels, umziehen und warmlaufen!«

Völlig benommen stolpere ich hinter Kim her in Richtung Umkleidekabinen.

Das Warmlaufen ist genauso anstrengend wie gestern. Trotzdem kommt es mir die ganze Zeit so vor, als würde ich über Watte laufen. Ich fühle mich wie in einem wunderbaren Traum und möchte nie, nie, nie mehr daraus erwachen. Stefan hat mich abgeholt, Stefan hat mich geküsst, Stefan hat mich Prinzessin genannt. Stefan, Stefan, Stefan.

Sind wir jetzt ein Paar? Ich bin so glücklich, dass ich fast platze.

»Ich würde sagen, das Zeltwochenende kann kommen«, flüstert mir Kim während der vorletzten Runde um das Becken zu.

Mist. Damit hat sie mich wieder auf den Boden der Tatsachen zurückgeholt und ich erzähle ihr, immer wieder nach Luft schnappend, von dem gestrigen Gespräch mit meinem Vater und unserer Auseinandersetzung heute Morgen. Kim stimmt mir zu, dass ein Streichen des Zeltwochenendes ja wohl überhaupt nicht infrage kommt und wir uns eben einen Plan ausdenken müssen, um diesen Gau zu verhindern.

»Du könntest spontan krank werden«, schlägt Kim vor. »Dann musst du nicht mit nach Sylt fahren.«

»Tolle Idee. Mein Vater lässt mich auch allein in Hamburg zurück, nachdem er weiß, dass ich zu diesem Sommercamp will!« Ich schüttele den Kopf. Da muss uns schon was Besseres einfallen.

»Wie lange ist man von Sylt nach Hamburg unterwegs?«, will Kim wissen.

»Mit dem Auto oder mit dem Zug?« Ich stehe auf dem Schlauch.

»Mit dem Zug, Dummerchen. Oder hast du ein Auto?«

Ich habe keine Ahnung, wie lange man von Westerland nach Hamburg fährt, aber das lässt sich sicher herausfinden. Jedenfalls schlägt Kim vor, ich solle gute Miene zum bösen Spiel machen und Papa und Anna zu der Hochzeit begleiten, mich nachmittags aber in einen Zug setzen und nach Hamburg zurückkommen. Gegen diesen Kompromiss könne mein Vater doch kaum etwas haben, zumal er ja sicher nicht wolle, dass ich während der Hochzeitsnacht auf seiner Bettkante sitze.

Ich finde Kims Vorschlag gar nicht so schlecht. Vielleicht lässt sich mein Vater tatsächlich darauf ein, wenn ich mir in den nächsten Tagen super viel Mühe zu Hause gebe.

Mein Blick wandert zu Stefan, der seine Runden beendet hat und mit den Dehnübungen beginnt. Beim Anblick seiner durchtrainierten Beine laufen mir wohlige Schauer über den Rücken.

Nach dem gemeinsamen Stretching scheucht Markus uns alle ins Wasser. Wir sollen uns auf mehrere Bahnen aufteilen und uns erst mal warm schwimmen, bevor es an die eigentlichen Tauchübungen geht.

Ich lasse mich ins Wasser gleiten und befolge eifrig Markus' Anweisungen, als mich plötzlich etwas an der Wade packt und nach unten zieht.

Ich öffne meinen Mund, um zu protestieren, und schlucke einen ordentlichen Schwall Wasser. Als ich wieder auftauche, schwimmt Stefan direkt vor mir. Ich huste und spucke, aber Stefan legt einen Finger auf seinen Mund und zieht mich ein ganzes Stück zur Seite, weg von den anderen. Mein Herz klopft bis zum Hals, als Stefan mich zum Beckenrand schiebt.

»Hab ich dich endlich, du Wasserhexe.« Stefan grinst mich an und drückt sich an mich. Seine Brust berührt meine und zwischen uns ist nur der dünne Stoff meines Badeanzugs. Ich fühle, wie eine Gänsehaut sich über meinen ganzen Körper ausbreitet, und seufze. Stefan beugt sich zu mir und öffnet mit seiner Zunge meinen Mund. Ich schlinge meine Arme um seinen Hals und erwidere seinen Kuss. Stefans Zunge drängt sich immer tiefer in meinen Mund, ich kann kaum noch atmen, so fest presst er seine Lippen auf meine. Mit der linken Hand hält er sich am Beckenrand fest, während er mit der rechten um meine Hüfte fasst.

»Fühl mal, was du mit mir anstellst, du kleine Hexe«, murmelt er in mein Ohr.

Ich zucke unwillkürlich ein Stück zurück, als Stefan ein Knie zwischen meine Beine schiebt. Erschrocken versuche ich, meine Beine wieder zu schließen. Ich höre Stefan leise lachen, dann fühle ich seine Hand, die meinen Bauch hinaufwandert und plötzlich fest meine rechte Brust umschließt. Ich schnappe nach Luft, will Stefan von mir wegschieben, aber er drückt mich nur noch fester gegen den Beckenrand. Sein Küsse werden drängender.

Seine Hand lässt meine Brust los, um sich kurz darauf unter den Rand meines Badeanzugs zu schieben. Jetzt hat Stefan meine nackte Brust unter seinen Fingern. Ich bekomme Panik. Ich will das nicht.

Das hier hat nichts mit meinem Traum zu tun. Gar nichts. Stefans Kuss schmeckt plötzlich nur noch eklig. Ich fühle mich nackt und beobachtet und verletzlich.

»Bitte«, stammele ich. »Bitte lass das.«

»Erzähl mir nicht, dass das nicht genau das ist, was du wolltest, kleine Hexe«, flüstert er und sofort ist sein Mund wieder auf meinen Lippen. Während seine rechte Hand weiter meine Brust zu fassen versucht, hält er mich mit dem Gewicht seines Körpers fest an den Beckenrand gedrückt und fängt an, mit der linken Hand nach meinen Beinen zu tasten. In dem Moment macht etwas in mir klick und ich stoße mit aller Kraft mein Knie in Stefans Badehose. Fluchend lässt er mich los und krümmt sich im Wasser. So schnell ich kann, klettere ich aus dem Becken und laufe über den Rasen zurück zu den anderen.

»Karo, ist alles in Ordnung?« Erstaunt sieht Kim mich an und steigt aus dem Wasser.

Ich reiße mein Badehandtuch aus der Tasche und wickele es um mich.

Kim kommt zu mir und legt mir den Arm um die Schultern. »Du zitterst ja total! Geht es dir nicht gut? Ist was passiert?« Ich schüttele nur stumm den Kopf. Ich presse meine Lippen aufeinander und versuche, das Zittern zu unterdrücken. In meinem Kopf dreht sich alles. Ich bringe kein Wort heraus.

Obwohl ich seit Wochen von diesem Moment geträumt habe, hat sich das alles falsch angefühlt. Falsch, falsch, falsch.

»Alles in Ordnung bei euch?« Markus schaut fragend zu uns herüber.

»Ja, klar, wir kommen gleich!«, erwidert Kim und schaut mich aus zusammengekniffenen Augen an.

Ich atme tief ein. »Geht schon wieder.« Schnell lege ich das Handtuch zurück und versuche, betont lässig zum Beckenrand zu schlendern. Eins wird mir klar. Ich muss unbedingt mit Stefan reden. *Wir* müssen reden. Wir kennen uns ja gar nicht richtig. Wir müssen das Ganze irgendwie langsamer angehen. Behutsamer. Suchend lasse ich den Blick über die Gruppe im Wasser schweifen. Alle hängen am Rand und warten auf weitere Anweisungen. Und dann sehe ich ihn. Das heißt, zuerst sehe ich Kessi. Sie lehnt am Beckenrand und stützt sich mit den Oberarmen am Beckenrand ab. Ihren Kopf hat sie auf den rechten Arm gelegt und tut so, als ob sie

Markus' Ausführungen lauschen würde. Stefan steht genau hinter ihr, drückt sich von hinten eng an sie und flüstert ihr was ins Ohr. Kessi kichert leise. Und ich sehe, wie Stefans freie Hand sich über Kessis Schulter zu ihrem Hals und dann tiefer in den Ausschnitt ihres Badeanzugs bewegt. Kessi schließt die Augen und drängt sich noch ein bisschen fester an Stefan. Ich hör sie leise aufstöhnen, als Stefan ihre Brust umfasst. In dem Moment treffen sich unsere Blicke und seine Augen scheinen zu sagen: Hättest du haben können, aber du hast ja nicht gewollt.

Ich fühle mich, als hätte jemand seinen Kopf genau in meine Magengrube gerammt. Mir wird schlecht, ich habe das Gefühl zu fallen. Tiefer und tiefer. Ich warte gar nicht erst auf den Aufprall.

Plötzlich will ich nur noch weg hier. Ich stürme an der völlig überrumpelten Kim vorbei zu meinem Rucksack, schnappe meine Sachen und renne Richtung Umkleidekabinen.

»Karo, warte!« höre ich Kim rufen.

»Kann mir mal einer erklären, was hier heute los ist?«, brüllt Markus hinter uns her. Aber ich bleibe nicht stehen. Ich stürze in die nächste freie Kabine, schließe ab und lasse mich auf die Bank fallen.

Kim klopft draußen an die Tür. »Karo, bitte mach auf. Was ist denn passiert? War irgendetwas mit Stefan? Hat er dir wehgetan? Karo, bitte antworte mir doch!«

Ich schließe die Tür auf und schaue Kim durch einen Tränenschleier an.

»Ach, Süße!« Kim zieht mich in ihre Arme. »So schlimm?«

»Schlimmer«, schluchze ich und erzähle ihr, was geschehen ist.

Kim seufzt. »Ich habe es dir doch gesagt. Ein Stier will erobern.«

»Kim, bitte.«

»Vielleicht haben wir die Karten ja falsch ausgelegt. So was kann passieren.«

Ich will von Orakeln und Karten und Sternzeichen nichts mehr hören. Ich will nur noch nach Hause.

»Soll ich mitkommen?« Fragend schaut Kim mich an, aber ich möchte das nicht. Kim hat sich genauso auf den Tauchkurs gefreut wie ich. Sie soll ihn meinetwegen nicht sausen lassen.

»Ich fahre allein. Geh du zurück zu den anderen.«

»Bist du dir ganz sicher? Soll ich noch mal mit Stefan reden?«

»Ja, ich bin mir sicher. Und nein, bitte sprich nicht mit Stefan. Das ist vorbei.« Ich nehme meinen Rucksack und gehe Richtung Ausgang.

Kim hält mich am Arm fest. »Ich ruf dich an.«

»Okay. Bis später.« Dann drehe ich mich um und lasse Kim stehen.

In der S-Bahn lehne ich meinen Kopf an die Scheibe und beiße mir auf die Lippen, um nicht schon wieder loszuheulen. Das sollten die schönsten Ferien meines Lebens werden und jetzt sind sie einfach nur beschissen, beschissen, beschissen. Schlimmer kann es nicht mehr kommen. Mein ganz großer Traum ist geplatzt. Stefan. Und damit auch die *Green Fighters.* Ich kann mir absolut nicht vorstellen, mich jemals wieder bei denen blicken zu lassen. Ich könnte Stefans Blick und Kessis hämisches Grinsen nicht ertragen. Ich ziehe mein Handy aus dem Rucksack. Ich will Mama anrufen. Aber als ich ihre Nummer im Display sehe, lege ich wieder auf. Was hätte ich ihr auch sagen sollen? Dass ich mich benutzt fühle?

Ich sehe ein Paar, das Händchen haltend am Bahnsteig steht. Und mir wird klar, dass ich nur in das Bild verknallt war, das ich mir von Stefan gemacht hatte. Den wahren Stefan habe ich nie kennengelernt. Vielleicht würde er mir gefallen, aber wahrscheinlich wohl eher nicht.

Siebzehntes Kapitel

GLÜCKSKEKSE SIND SO ZERBRECHLICH

»Karo? Was machst du denn schon hier?«

Wortlos schiebe ich mich an Anna vorbei.

»Ist alles in Ordnung?«

»Lass mich einfach in Ruhe, okay?« Ich renne in mein Zimmer und schmeiße die Tür hinter mir zu. Dann schließe ich ab.

Anna klopft an die Tür. »Karo, sag mir bitte, wenn ich irgendetwas für dich tun kann, ja?«

Ich antworte nicht und nach einer Weile höre ich, wie Annas Schritte sich entfernen.

Ich setze mich auf mein Bett und schaue mich in meinem Zimmer um. Mein Blick fällt auf das Plakat, auf dem auch Stefan unterschrieben hat. Ich reiße es von der Wand und zerfetze es in hundert kleine Stücke. Auf dem Fußboden liegt mein türkisfarbenes Hemd. Nixenhemd hat Kim es genannt. Nixe. Plötzlich muss ich an Damian denken.

Ich öffne mein Notebook und gebe die Chat-Adresse ein. Keine neuen Nachrichten. Ob Damian meine Nachricht schon gelesen hat? Ich öffne den Chat. Vielleicht habe ich ja Glück und er ist gerade online.

Chat: *Nixe betritt den Raum*
derRächer: Jetzt wird es wieder feucht hier!
Nixe: Hallo, Rächer! Bist du allein?
derRächer: **gucktsichum** Sieht ganz so aus.
Nixe: War Damian zufällig hier?
derRächer: Welcher Damian? **kopfkratz**
Nixe: Damian17. Hast du den heute zufällig schon gesehen?
derRächer: Leider nein.
Nixe: Okay. Danke. Und cu.
derRächer: Cu. Das war ja ein kurzes Vergnügen.

Ich logge mich aus. Merkwürdig, aber ich bin richtig enttäuscht, dass Damian nicht im Chat war. Obwohl er bestimmt nicht gut auf mich zu sprechen ist. Ob ich ihm noch eine Nachricht schreibe? Ich klicke auf die Mitgliederliste und gebe seinen Namen ein.

Ein User Damian17 existiert nicht.

Ich starre auf den Monitor. Das kann doch nicht sein. Gestern gab es ihn doch noch. Mir wird mulmig. Ob ich ihm eine Mail schreibe? Irgendwo hatte ich doch seine Adresse notiert. Ich wühle mich durch die Zettel auf meinem Schreibtisch. Auf einmal ist es mir superwichtig, Damian zu erreichen. Ich möchte mich bei ihm entschuldigen. Und ich möchte von ihm wissen, wie das ist mit so einer kleinen Schwester. Ich will wissen, was er mit ihr unternimmt und was er so macht, wenn er nicht auf sie aufpassen muss. Ich will ihn fragen, ob er mir ein Foto schickt. Und ob wir uns vielleicht mal treffen wollen. Endlich finde ich die Adresse. Sie steht auf der Rückseite einer Quittung von Karstadt. Für einen Badeanzug. Damian17@web.de

Von: KarolinS
An: Damian17
Betreff: Chat
Hallo Damian,
ich habe dich im Chat gesucht. Aber du bist da abgemeldet. Hast du Zeit? Können wir kurz chatten? Ich muss dir was Wichtiges sagen.
Liebe Grüße
Nixe
PS: Falls du sauer bist wegen der Nachricht – es tut mir leid.

So. Abgeschickt. Ziemlich feige, ich weiß. Mein Blick fällt auf die Dose mit den Glückskeksen. Wird Damian antworten? Ja oder nein? Ich muss an die Gänseblümchenspiele denken, die Mama und Papa mit mir gespielt haben, als ich noch kleiner war. Er liebt mich, er liebt mich nicht, er liebt mich, er liebt mich nicht. Hätte ich jetzt ein Gänseblümchen hier, würde ich sagen: Er antwortet mir, er antwortet nicht, er antwortet mir, er antwortet nicht.

Ich öffne die Dose und betrachte die Glückskekse. Welche waren von mir? Und welche Botschaft würde ich jetzt gerne lesen? Ich schließe die Augen und greife nach einem Keks. Dann öffne ich die Augen wieder. Ich betrachte den Keks in meiner Hand von allen Seiten und kann beim besten Willen nicht mehr sagen, ob er von mir oder von Kim ist. Vorsichtig beiße ich hinein. Der Keks zerbröckelt in meiner Hand und ein kleines Zettelchen fällt heraus. Kims Schrift. Ganz eindeutig. *Such das Glück nicht in der Ferne, wenn es vor deiner eigenen Tür steht.*

Na toll. Vor meiner Tür steht bestenfalls Anna. Genervt schiebe ich mir die letzten Kekskrümel in den Mund und stopfe den Zettel in die Hosentasche. In dem Moment tönt ein *Pling* von meinem Notebook und kündigt mir den Eingang einer neuen Mail an. Damian? Ich öffne den Mailordner. Alles, was ich finde, ist eine Fehlermeldung. *Mail konnte nicht gesendet werden. Empfänger unbekannt.* Empfänger unbekannt? Aber das ist doch die Adresse, die Damian mir gegeben hat. Dann dämmert es mir. Damian hat sich nicht nur aus dem Chat abgemeldet, er hat auch seine Mailadresse gelöscht. Und damit, das wird mir jetzt klar, hat Damian sich aus meinem Leben gelöscht. Schließlich kenne ich nichts von ihm außer seinem Nicknamen. Ich weiß, dass er 17 ist und eine kleine Schwester hat. Und sonst? Ich habe keine Ahnung, wie er wirklich heißt, wo er wohnt, was er macht, wo er zur Schule geht. Ich habe keine Chance, ihn in Hamburg zu finden. Na super, Karolin Schreiber. Das hast du ja wieder ganz großartig hinbekommen. Den einzigen Menschen, der in den letzten Tagen immer nett zu dir war, der dir zugehört, dich getröstet und zum Lachen gebracht hat, diesen einen hast du so verärgert, dass er sich einfach komplett aus deinem Leben gelöscht hat. Er ist einfach unwiderruflich von der Bildfläche verschwunden. Weg. Für immer. Ich kann diesen Gedanken kaum aushalten.

Ich muss ihn suchen. Aber wie soll ich das anstellen?

Es klopft an meiner Tür. Ich antworte nicht. Ich habe einfach keine Lust auf Diskussionen mit Anna, die sowieso nichts anderes im Kopf hat als ihre Hochzeit.

»Karo, mach auf bitte. Ich bin's. Kim.«

Kim? Sofort schließe ich die Tür auf. »Was machst du denn hier?«

»Was ich hier mache?« Ihr Blick fällt auf die offene Keksdose auf meinem Schreibtisch. »Ich will verhindern, dass du alle Glückskekse allein aufisst. Ein bisschen Glück steht mir schließlich auch zu.«

»Kannst du geschenkt haben.«

»Ach, Süße, so schlimm? Stefan kriegt sich bestimmt wieder ein. Und …

»Vergiss Stefan«, unterbreche ich sie.

»Oje, das klingt ernst. Aber wenn du ihn sowieso nicht mehr willst, warum vergisst du ihn dann nicht einfach? Haken dran, fertig!« Kim macht eine Handbewegung, als hätte sie Stefan eben höchstpersönlich in die Tonne geworfen.

»Das ist alles nicht so einfach«, murmele ich. Wie soll ich Kim mein Gefühlschaos erklären? Ich verstehe mich ja selbst nicht mehr.

»Wo ist das Problem, Süße?« Kim zieht mich zu sich aufs Bett und legt den Arm um mich.

Ich schlucke, sortiere meine Worte im Kopf, verwerfe sie wieder. Sortiere neu. Dabei fällt mein Blick auf die kahle Stelle an der Wand, wo eben noch das Plakat mit Stefans Unterschrift hing.

»Ich bin verliebt«, flüstere ich.

Kim stöhnt. »Ich fasse es nicht. Eben erzählst du mir noch, was für ein Arschloch Stefan ist und dass du ihn nicht mehr willst, und gleichzeitig bist du in ihn verliebt? Deine Hormone sind ja ordentlich durcheinandergeraten.«

»Nicht in Stefan.«

»Nicht in Stefan?« Kim schaut mich überrascht an. Dann schüttelt sie den Kopf. »Nein, sag nichts. Oder doch. Sag etwas. Bitte sag mir, dass du dich nicht in diesen Damian17 verknallt hast.«

Mein Schweigen genügt Kim als Antwort.

»Oh shit. Karo, du kennst den doch gar nicht. Wer weiß, wer das ist. Das könnte ja wirklich jeder sein. Vielleicht ist er erst zwölf und will nur ältere Mädchen im Chat aufreißen. Oder er ist ein alter Knacker, klein, fett und total hässlich. Man kann sich doch nicht in einen Chatter verlieben! Bist du verrückt!«

Gegen meinen Willen muss ich grinsen. Warum kommt mir das alles nur so bekannt vor? »Ach nein, kann man nicht? Und was ist mit Dragonheart?«

»Leon? Das war was ganz anderes. Wir haben uns ja schließlich ganz schnell persönlich getroffen.« Kim hält inne und überlegt einen Moment. Dann springt sie vom Bett auf.

»Okay, ich hab's. Ihr müsst euch kennenlernen. Er ist doch aus Hamburg, oder?«

Ich nicke. »Das hat er zumindest gesagt, aber …«

»Kein Aber. Mach ein Date mit ihm aus. Trefft euch am Strand oder zum Eisessen oder geht ins Kino. Guck, ob er der ist, für den er sich ausgibt.«

»Das funktioniert nicht.« Meine Stimme ist nur noch ein Flüstern.

»Warum nicht?« Kim hört auf, in meinem Zimmer rumzurennen, und starrt mich an.

Und dann erzähle ich ihr alles. Ich erzähle ihr von meinem Versuch, Damian in die Wüste zu schicken, und davon, wie gründlich mir dieser Versuch gelungen ist. Ich erzähle ihr, dass ich tatsächlich absolut nichts über ihn weiß, was mir helfen könnte, ihn ausfindig zu machen.

Kim lässt sich wieder neben mich aufs Bett sinken und seufzt. »Das ist wirklich eine blöde Situation. Aber es ist nicht hoffnungslos. Hamburg hat nur knapp 1,8 Millionen Einwohner. Wenn wir herausfinden, wie viele davon siebzehn Jahre alt sind und eine kleine zweijährige Schwester haben, dürfte das den Kreis der Verdächtigen erheblich einschränken.« Kim ist Feuer und Flamme für ihren Plan.

Ich bin keineswegs überzeugt. »Und wie willst du das machen?«

Kim zuckt mit der Schulter. »Keine Ahnung. Aber gib mir ein paar Stunden Zeit. Mir fällt schon was ein. Vielleicht kann ich mit meinem Pendel das Telefonbuch befragen.«

Ich lasse mich stöhnend nach hinten auf mein Kopfkissen fallen. Wenn Kim keine bessere Idee hat, als einen Jungen unter 1,8 Millionen Menschen mithilfe eines Pendels zu suchen, dann sollte ich den Gedanken an Damian wohl wirklich begraben.

Kim schnappt ihre Tasche und steht auf. »Ich muss los. Oma hat sich in den Finger geschnitten und kann heute keine Frühlingsrollen falten. Magst du nicht mitkommen und mir helfen?«

An jedem anderen Tag wäre ein bisschen Küchendienst eine willkommene Abwechslung gewesen. Aber heute kann ich mir diesen Trubel nicht antun. Ich will einfach nur allein sein. Ich schüttele den Kopf.

»Na gut. Dann melde ich mich später wieder bei dir.« Kim drückt mir einen Kuss auf die Wange und geht zur Tür. »Ach übrigens. Ich soll dir noch was geben.« Sie zieht einen Zettel aus ihrer Umhängetasche und faltet ihn umständlich auseinander.

Ich starre auf den Text.

Penelopa Ulixi suo salutem dicit.

Si tu vales, bene est. Ego ipsa non valeo. Hanc epistulam Penelopa tua amore mota tibi non redeunti mittit, Ulixes. Heu me miseram!

»Woher hast du das?«

»Ich habe deinen Lateinlehrer getroffen. Unten vor der Haustür.«

»Harry – äh – ich meine Alex war hier?«

»Er sagte, ihr hattet eine Verabredung.« Kim nickt.

»Oh verdammt. Nachhilfe. Das habe ich ja komplett vergessen. Und wo ist er jetzt?«

»Ich habe ihn nach Hause geschickt.«

»Du hast was?« Ich fasse es nicht.

»Ich habe ihm gesagt, dass du krank bist, dass es dir nicht gut geht und ich dich besuche. Dass Nachhilfe aber heute definitiv ausfallen muss.« Kim strahlt mich an.

»Und das hat er dir geglaubt?« Sonst gibt Alex nicht so schnell auf.

»Ob er es geglaubt hat, weiß ich nicht. Aber er hat mir den Zettel für dich gegeben. Und ich soll dir einen schönen Gruß ausrichten und dir viel Spaß beim Übersetzen wünschen. Im Bett hättest du ja viel Zeit dafür, hat er gesagt.«

Das klingt schon eher nach Alex, dem Tyrannen.

»Der Typ sieht übrigens wirklich aus wie Harry Potter. Wenn ich nicht schon Leon hätte, könnte ich echt schwach werden.« Ich verdrehe die Augen. Dann werfe ich noch einen letzten Blick auf das DIN-A-4 Blatt, das komplett mit lateinischem Text bedruckt ist.

So weit kommt es noch.

»Alex will morgen um die gleiche Zeit wieder hier sein. Soll ich dir ausrichten. Wenn du noch krank bist, sei bitte so nett und sag ihm rechtzeitig ab. Ich muss jetzt nach Hause, Papa helfen. Sehen wir uns heute Abend am Strand?«

Heftig schüttele ich den Kopf. Auf gar keinen Fall will ich Stefan und den anderen begegnen.

»Na gut. Ich lasse mir was anderes einfallen. Ich ruf dich an, wenn ich fertig bin, okay?« Kim wirft mir eine Kusshand zu und weg ist sie.

Sollte Papa sich darüber aufregen, dass ich die Nachhilfestunde verpasst habe, sein Pech! Ich drehe mich um und schaue in den Spiegel. Mein Spiegelbild guckt mich aus verquollenen Augen an. »Was ist eigentlich mit dir los, Karolin Schreiber?«, frage ich das verheulte Gesicht. »Weißt du überhaupt noch, was du willst?«

»Damian«, murmelt mein Spiegelbild. »Ich will Damian.«

»Damian, Damian«, äffe ich mein Spiegelbild nach. »Das hättest du dir früher überlegen müssen. Damian gibt es nicht mehr. Aus. Schluss. Vorbei. Du musst die Tatsache akzeptieren, dass ein für alle Mal Schluss ist.«

Leider war ich noch nie besonders gut im Tatsachenakzeptieren. Der Kaiser sagt das auch immer, wenn ich mit ihm über das Ergebnis einer Matheaufgabe streiten will.

Sobald Kim sich meldet, werde ich mit ihr zusammen einen Plan entwickeln, wie wir Damian finden können. Ha! Ich strecke meinem Spiegelbild die Zunge raus und forme mit den Fingern meiner rechten Hand das Okay-Zeichen, das Markus uns im Tauchkurs beigebracht hat. Dann nehme ich das Blatt mit dem Übersetzungstext in die Hand. Irgendwie muss ich die Zeit bis zum Abend ja totschlagen. Warum also nicht damit, ein paar Prädikate zu finden und ACIs zu enttarnen.

Ich schnappe mir mein Wörterbuch und lege mich mit einem Zettel und Stift bewaffnet auf mein Bett. *Penelopa*

Ulixi suo salutem dicit. Wo ist das verflixte Prädikat? Ich brauche fast eine Stunde, bis ich bei der letzten Zeile des ziemlich langen Textes angekommen bin. Obwohl Latein immer mein Hassfach Nummer eins bleiben wird, hat mich der Text doch mehr und mehr gefangen genommen. Es ist ein Brief. Ein fiktiver Brief, den Penelope, die sehnsüchtig auf ihren Mann Odysseus wartet, so an diesen geschrieben haben könnte.

Heu me miseram! Ach, ich Unglückliche!

Dieser Satz könnte echt von mir sein. Bei dem Gedanken muss ich grinsen. Alex wäre stolz auf mich. Blöderweise finde ich das Prädikat des letzten Satzes nicht. So schwer kann das doch nicht sein. Ich gehe noch mal Wort für Wort durch, aber es gibt nicht eine einzige Vokabel, die hier als Prädikat infrage kommt. Ich fluche. Jetzt bin ich schon so weit, da will ich auch den Rest übersetzen. Noch einmal schlage ich jedes einzelne Wort aus der letzten Zeile nach. Verdammt noch mal, das muss doch zu finden sein. Einer inneren Eingebung folgend, drehe ich das Blatt mit dem lateinischen Text um – und breche zusammen. Das Blatt hat auch eine Rückseite.

Fast drei Viertel davon sind ebenfalls mit lateinischem Text bedruckt. Ich bin kurz davor, das Ding zu zerknüllen und in die Tonne zu treten. Was hat Alex sich dabei eigentlich gedacht? Was erwartet er von mir? Dass ich nichts Besseres zu tun habe, als den ganzen Tag in meinem Zimmer zu sitzen und lateinische Briefe zu übersetzen? Ich habe für die erste Seite jetzt eine Stunde gebraucht, ich habe so was von überhaupt keine Lust, auch nur eine weitere Zeile zu übersetzen.

Ich greife zu dem Blatt Papier und will es in tausend kleine Fetzen zerreißen, als mein Blick auf eine handschriftliche Anmerkung unter dem getippten Text fällt.

Mein Herzschlag setzt für einen Moment aus. Und noch für einen zweiten. Dort steht: *Viel Spaß beim Übersetzen wünscht Damian17.*

Ich schließe die Augen und traue mich nicht, sie wieder aufzumachen, aus Angst, die Unterschrift könnte dann plötzlich verschwunden sein. In meinem Kopf rasen die Gedanken wie wild durcheinander. Irgendwann muss ich dann doch blinzeln. Ich öffne erst das eine, dann das andere Auge. Es steht immer noch da. *Viel Spaß beim Übersetzen wünscht Damian17.* Ich springe auf und fange an, in meinem Zimmer auf und ab zu hüpfen.

Damian17. Damian17. Damian17.

Damian 17 hat meine Übersetzungsaufgaben unterschrieben. Alex hat Kim die Hausaufgaben gegeben. Alex, Damian. Damian, Alex. Ich bleibe wie angewurzelt stehen. Alex *ist* Damian. Und Damian *ist* Alex. Ich hole tief Luft. Die Chatadresse. Ich erinnere mich an den Moment, als Alex bei der ersten Nachhilfestunde die Adresse auf meinem Schmierzettel entdeckt hat. Ich erinnere mich daran, dass Damian im Chat meinte: »Latein kann auch Spaß machen.«

Ich muss laut lachen und will ich nur noch raus hier. Ich reiße meinen Schlüssel vom Schreibtisch, stecke mir das Handy in die Hosentasche und renne aus der Wohnung. Ich stürze die Treppe hinunter und kann gerade noch verhindern, dass ich meinen Vater über den Haufen renne, der eben zur Haustür hereinkommt.

»Karo, brennt's? Wo willst du denn hin?«

Ich bleibe nicht stehen. »Ich muss schnell in einen Buchladen!«, rufe ich ihm über die Schulter zu. »Ich brauche dringend ein neues Wörterbuch für Latein. Sonst kann ich den Brief nicht fertig übersetzen.«

Ich höre, dass Papa etwas von »Die Hormone, die Hormone« murmelt, und finde, zum ersten Mal in diesem Sommer hat er recht.

Achtzehntes Kapitel

TORTE GUT – ALLES GUT

Wenn ich jetzt auch nur noch ein einziges Stückchen von der Hochzeitstorte in meinen Mund stecke, dann platze ich. Oder ich werde so dick, wie Anna bald sein wird.

Ich werfe ihr einen verstohlenen Blick zu. Noch sieht man ihr die Schwangerschaft nicht an, nicht in dem cremefarbenen Brautkleid und den kleinen dazu passenden Röschen im Haar.

Die Trauung hat wirklich am Meer stattgefunden, ganz so, wie Anna es sich gewünscht hat. Der Standesbeamte und seine Helfer hatten unter den Blicken der vielen badenden und sich sonnenden Sommergäste einen Tisch durch die Fußgängerzone von Westerland bis an den Saum des Wassers geschleppt und alle für die Trauung nötigen Utensilien daraufgelegt und mit großen Kieselsteinen beschwert. Dann gingen Papa und Anna barfuß Arm in Arm über den Strand und die Badegäste säumten ihren Weg und bewarfen sie mit Blütenblättern.

Um mich für den Verlust des Campingwochendes zu entschädigen, hat Papa meine Freundin Kim und auch Alex einfach mit nach Sylt eingeladen. Während der Hochzeitszeremonie musste ich Alex die ganze Zeit anschauen. Er sah so süß aus, wie er da mit hochgekrempelten Hosen im Sand stand und gegen die Sonne und den Wind blinzelte.

Nach der Trauung hat Papa uns dann alle zusammen in einem Strandbistro zum Essen eingeladen.

Kim schubst mich unter dem Tisch an. »Hey, wenn du so weiter isst, platzt dein neuer Rock noch«, flüstert sie mir ins Ohr.

»Na und«, flüstere ich zurück. Ich sehe Papa und Anna, die sich mit alkoholfreiem Sekt zuprosten, und muss lachen. Nächstes Jahr wird Anna ein Baby bekommen und ich freue mich darauf.

Papa hat mir versprochen, bald eine größere Wohnung zu suchen, eine Wohnung, in der es ein Zimmer für das Baby und eins für mich geben wird.

Mama habe ich inzwischen von Annas Schwangerschaft erzählt und zu meiner großen Überraschung hat auch sie sich gefreut. Sie schien fast erleichtert zu sein, dass es Papa so gut geht. Ich wollte sie nicht fragen, ob das mit dem Kollegen in ihrem Hotelzimmer zusammenhängt. Das kann ich zu Hause immer noch klären. Zu Hause. Das ist der einzige Wermutstropfen im Moment. Ich mag nicht an zu Hause denken. Zu Hause – das bedeutet 500 Kilometer Entfernung zwischen mir und Alex.

»Du kannst jederzeit zu uns ziehen«, hat Papa gesagt. »Vielleicht möchtest du die Oberstufe ja in Hamburg absolvieren oder später einmal hier studieren?«

Der Gedanke ist verlockend, aber er bringt mich auch sehr durcheinander. Schließlich habe ich zu Hause ein eigenes Leben.

Ich habe Freunde, die mir fehlen würden. Ich habe Mama, die sicher nicht allein in Frankfurt bleiben will. Und ich habe meine Schule dort. Ich weiß einfach nicht, wie es weitergehen soll. Aber das muss ich zum Glück ja auch noch nicht entscheiden. Vor mir liegen erst mal vier weitere Wochen Sommerferien.

Ich tunke gerade einen Finger in die Sahne, als Alex mir einen Zettel über den Tisch schiebt: *Lust auf Sep?*

Fragend schaue ich Kim an, die neben mir sitzt und die Nachricht auch gelesen hat. Sie tut mir leid, weil ihr Leon, mit dem sie sich längst wieder versöhnt hat, immer noch in England ist. Natürlich möchte ich sie hier nicht allein mit Papa und Anna zurücklassen. Aber Kim grinst nur und formt mit Daumen und Zeigefinger das Okay-Zeichen.

Ich lache, nicke Alex zu und wir stehen auf und gehen nach draußen. Alex nimmt meine Hand, und zusammen laufen wir über den Strand in Richtung der Dünen, wo uns niemand mehr sehen kann. Hinter einer Biegung lässt er sich in den warmen Sand fallen und zieht mich an sich. Und dann sind seine Lippen auf meinen. Behutsam dringt seine Zunge in meinen Mund, seine Hand umfasst meinen Hinterkopf und ich fühle mich sicher und geborgen. Ich schiebe meine Hände unter sein T-Shirt und fühle seine warme Haut, und ich wünsche mir plötzlich, ihn ganz zu spüren.

Alex scheint meine Gedanken gelesen zu haben, denn er packt kurzerhand sein T-Shirt am Saum und streift es sich über den Kopf. Danach zieht er mir mein Top aus. Ich fühle seine warme Haut auf meiner. Sein Mund bedeckt mein Gesicht und meinen Hals mit Küssen. Immer tiefer wandern seine Lippen, während seine Hand über meinen Rücken streichelt, meinen BH-Verschluss sucht und ihn öffnet. Ich zögere kurz, ganz kurz, aber als die Träger von meinen Schultern gleiten und der BH neben mir im Sand liegt, fühlt sich alles richtig und gut an.

Wir halten uns ganz fest umschlungen und küssen uns und meine Haut kribbelt wie unter einer Million elektrisch geladener Teilchen. Auf einmal dreht Alex mich auf den Rücken, legt mich behutsam in den Sand und stützt sich auf seinen Armen ab. Er hebt seinen Kopf und schaut mich an. Verlegen möchte ich die Arme vor meiner Brust kreuzen, aber mit einem Lächeln hält Alex meine Hände fest.

»Heute entkommst du mir nicht, kleine Nixe«, flüstert er und dann beugt er sich runter und gibt mir je einen zarten Kuss auf meine Brüste. Mein Körper steht in Flammen. Plötzlich brennen meine Augen und ich blinzele gegen die Sonne, die hoch über uns steht.

Und ich habe nur noch vor einem Angst: dass ich mich wie die kleine Meerjungfrau vor lauter Liebe plötzlich in Meeresschaum auflösen könnte …

KIMS GLÜCKSKEKSE

Zutaten:

3 Eier
60 g Puderzucker
45 g Butter
60 g Mehl

Und so wird's gemacht:

Zuerst musst du Glücksbotschaften auf kleine schmale Zettel von etwa 1 cm Breite und 3 cm Länge schreiben.

Danach legst du ein Blech mit Backpapier aus und zeichnest drei Kreise von 8 cm Durchmesser darauf.

Jetzt die Eier trennen und das Eiweiß schön schaumig schlagen.

Den Puderzucker und die (zerlassene!) Butter dazugeben und alles glatt rühren. Dann noch mit dem Mehl zu einem Teig verrühren.

Auf jeden Kreis ungefähr 1,5 TL Teig geben, den Teig mit einer Messerklinge innerhalb des Kreises glatt streichen.

5 Minuten bei 180 °C im vorgeheizten Ofen backen.

Kekse vorsichtig vom Blech nehmen, Glücksbotschaft drauflegen, Keks zu einem Halbkreis umschlagen und dann über einem Schüsselrand noch mal vorsichtig in der Mitte knicken.

Die fertigen Glückskekse gut auskühlen lassen.

Den restlichen Teig auf die gleiche Weise verarbeiten.

Wichtig ist, wirklich nicht mehr als drei Kekse auf einmal zu backen, weil sie sehr schnell auskühlen und dann brüchig werden, bevor du sie falten kannst.

Viel Spaß und vor allem

viel Glück!